D1703889

Scrittori

Annemarie Schwarzenbach

# Sibylle

*Traduzione e postfazione di Daniela Idra*

Edizioni Casagrande

Pubblicato con il sostegno del Canton Ticino
e della Fondazione Pro Helvetia

Titolo originale: *Lyrische Novelle*



In copertina:
André Kertész, *Satiric dancer*, Paris, 1926


Progetto grafico:
Nancy Banfi e Marco Zürcher

ISBN 88-7713-368-6

Sibylle

# I.

Questa città è così piccola che basta una passeggiata per conoscerne ogni angolo. Ho scoperto anche un vecchio cortile molto grazioso, dietro la chiesa, e il miglior parrucchiere del posto, in una stradina lastricata. Ho fatto pochi passi dalla bottega e a un tratto mi sono ritrovato fuori città, c'era soltanto qualche villa di mattoni e la strada era polverosa, pareva un sentiero di campagna. Poco più in là cominciava il bosco. Sono tornato indietro passando di nuovo davanti alla chiesa, ormai mi orientavo benissimo. Attraverso il vecchio cortile si arriva alla strada principale, ora sto entrando nel caffè «All'aquila rossa» per mettermi un po' a scrivere. Nella mia camera d'albergo ho sempre la tentazione di gettarmi sul letto e di trascorrere le brevi ore del giorno senza far niente. Mi costa una gran fatica scrivere, perché ho la febbre e la testa mi rimbomba come sotto i colpi di un martello.

Credo che se conoscessi qualcuno in questo posto, perderei ben presto il mio autocontrollo. Invece, non dico una parola e me ne vado in giro senza far chiarezza nei miei sentimenti.

Il locale mi sembra piuttosto singolare. In realtà è una pasticceria con vetrinette, dolci in esposizione e una commessa con il vestito di lana nero e il grembiule bianco. In un angolo c'è una stufa di maiolica azzurro chiaro, e i divani, con gli schienali dritti e imbottiti, sono sistemati lungo le pareti. Un cucciolo di cane scorrazza abbaiando, una povera bestiola abbandonata. Una donna dai capelli grigi cerca di accarezzarlo, ma lui le sfugge con la schiena curva per la paura. La vecchia lo insegue, lo attira con una zolletta di zucchero e gli parla imperterrita ad alta voce.

Credo che sia malata di mente. Nessuno nel locale sembra far caso a lei.

Ho scritto solo due pagine e già ricominciano i dolori. Delle fitte nel fianco destro, smettono non appena mi sdraio o se bevo qualcosa di molto alcolico. Ma non voglio mettermi a letto, ora potrei scrivere così bene, e mi avvilisce molto stare tutto solo senza far niente.

La vecchia pazza se n'è andata, mi piacerebbe vedere come attraversa la strada e se anche fuori continua a parlare ad alta voce, come le mendicanti parigine dai capelli ingrigiti.

Prima non riuscivo a distinguere i malati di mente dagli ubriachi, li guardavo con una sorta di timore reverenziale. Ora non ho più paura degli ubriachi. Spesso sono stato ubriaco anch'io, è una condizione bella e triste, ci si rende conto di cose che altrimenti non si ammetterebbero mai, di sentimenti che si cerca di nascondere, anche se non sono la cosa peggiore che abbiamo dentro di noi.

Ora mi sento un po' meglio. Dovrò chiedere l'indulgenza del lettore per ciò che scrivo oggi. Ma Sibylle mi ha detto che niente può mai essere del tutto infruttuoso, neanche le esperienze più amare o i momenti più inutili della mia vita. Ecco perché ci tengo molto, anche in questo stato di impotenza, ad abbandonarmi alla mia debolezza e a sottoporla, quando sarà il momento, alla critica di cui solo mi importa: riuscirò una buona volta a essere preso sul serio da Sibylle, in un modo o nell'altro?

## II.

La cosa che più mi fa male è che sono partito senza salutare il mio amico Magnus. È malato, a letto già da tre settimane, e io l'ho molto trascurato. L'ho visto alcuni giorni fa, stava piuttosto male. Era disteso nel retro del suo studio, c'era il dottore, che mi ha stretto la mano. L'ha visitato in silenzio, ha guardato il diagramma della febbre e ha dato istruzioni al giovane figlio del portiere. Il figlio del portiere è un ragazzo pallido e magro di circa diciott'anni, solitamente cucina per Magnus, ma ora lo assiste in tutto. Quando ci sono ospiti, li conduce nello studio e poi sparisce in cucina. Dove rimane finché Magnus lo chiama. Gli è molto devoto... Il medico gli ha dato una ricetta e l'ha mandato in farmacia. «Un bravo ragazzo», ha detto rivolto a me. Magnus ha sorriso e la mia presenza è stata semplicemente ignorata. Il medico se n'è andato e io ho aspettato che il ragazzo tornasse dalla farmacia.

«Hai ancora soldi?» ho chiesto a Magnus.

«Abbiamo ancora soldi?» ha chiesto Magnus al ragazzo. Che ha risposto: «Ieri mi hai dato dieci marchi, per il momento ci bastano».

Si davano del tu.

Poi me ne sono andato e qualche giorno dopo Magnus mi ha mandato, accompagnandolo con una lettera, un invito che aveva ricevuto per me dall'ambasciatore inglese. Da allora non ho più avuto sue notizie.

# III.

Prima sentivo sempre il bisogno di dichiarare il mio amore all'umanità, per poter vivere in accordo con tutti. Eppure odiavo le chiacchiere inutili. Non so però se le odiavo perché ne ero continuamente schiavo o perché mi rendevo conto di quanto sia inutile ogni tentativo di farsi capire, persino dagli amici migliori.

Quando dico *prima*, mi riferisco a tre mesi fa. Mi sono sempre difeso da qualunque periodizzazione esteriore, perché detestavo ogni disciplina imposta. Ora devo abituarmi alla libera scelta ed è come se fossi diventato adulto in una sola notte. Quella notte avrei potuto incontrare Sibylle al Walltheater, avevo la possibilità di scegliere. E invece sono andato via. Prima di quella notte non avrei sopportato di restare qui un solo giorno. Non sapevo niente della solitudine. Sopporto persino di essere frainteso dai miei amici. Finora il mio unico desiderio è stato quello di assicurarmi la loro benevolenza, e per farlo ho buttato al vento tutta la mia amabilità. E molto altro ancora.

Ora ho smesso. Chissà che cosa ne verrà fuori.

# IV.

Peccato per gli esseri umani, dice Strindberg. Alcuni mesi fa, sedevo con un poeta in un caffè di Berlino, parlavamo con entusiasmo e ci entusiasmava sempre più la nostra reciproca intesa. Lui era molto più vecchio di me, avrei potuto quasi essere suo figlio. Si sporse sul tavolino e mi strinse le mani, scaraventadomi addosso come fossero fiamme la sua estasi, il suo ottimismo, la sua gioia rapita. «Lei è la gioventù», disse, «l'unica gioventù alla quale non invidio né il futuro né la vittoria su di noi».

Le sue parole mi richiamarono un po' alla realtà. Parve accorgersene subito, mi lasciò le mani, mi guardò con insistenza in viso e disse:

«Lei è una persona amabile, ma sa di essere in pericolo? È diventato pallido all'improvviso, mi dica che cosa posso fare per lei».

Mi dicono spesso che sono in pericolo. Forse dipende dal fatto che sono troppo giovane.

Quella volta ci risi sopra. «Amo il pericolo», dissi, mentre sentivo che gli occhi mi brillavano di gioia.

«Ora devo andare», dissi. Era mezzanotte, lo lasciai in fretta, quasi senza salutarlo. Arrivato alla porta, mi resi conto di quanto fosse stato sconveniente il mio comportamento, tornai di corsa indietro, gli strinsi le mani e dissi: «Mi perdoni, da due giorni corro un grande pericolo...»

«Vada», disse lui sorridendo, «cerchi di farcela...»

Ma non ce l'ho fatta.

## V.

Sono stato tutto il pomeriggio nel bosco. Prima ho camminato contro vento in un grande campo, facevo fatica, avevo freddo e il limitare del bosco sembrava offrire un riparo. Non c'era anima viva, a un tratto mi sono fermato e mi sono guardato intorno, la desolazione autunnale del paesaggio attutiva la mia tristezza. Nel cielo grigio sfrecciavano nuvole più scure, scrosci di pioggia si rovesciavano a tratti sulla terra. E la terra li accoglieva tranquilla.

Andavo avanti e le pesanti zolle mi ostacolavano il cammino. Ma finalmente sono arrivato nel bosco, le foglie frusciavano, i cespugli nudi mi sfioravano, li ho scostati piegandoli, il vento si era improvvisamente placato.

Proprio davanti a me un animale ha fatto un balzo silenzioso, era una grande lepre grigio-bruna, è corsa agile sulle radici, si è rannicchiata e poi è scomparsa, rapida come una freccia, nel folto del bosco. Ho visto la sua tana, rotonda, sotto i cespugli, mi sono chinato e ho messo le mani nel punto in cui il suo corpo ricoperto di pelo era rimasto disteso. C'era ancora una traccia di calore animale che ho avvertito con un turbamento mai provato prima. Ho inclinato il viso e l'ho appoggiato in quel punto, c'era un impercettibile respiro, quasi quello di un petto umano.

Torno dai campi. La terra mi si attacca alle scarpe, per questo procedo lentamente, come un contadino. A volte dimentico perché sono qui, in fuga per così dire, e mi immagino di viverci da tempo. Ma se fossi davvero un contadino, saprei che cosa si semina in questi campi, quanto si raccoglie e qual è il terreno più fertile. Non so niente di tutto ciò. A volte penso che i contadini ricevano il loro sapere dal cielo, poiché sono persone devote e dipendono dalle forze celesti. Io giro nei campi come un forestiero e vengo semplicemente tollerato. Ora d'un tratto mi odio perché non ho vincoli nei confronti di nessuno. Qui, in campagna, riesco a capire *L'immoralista* di Gide, e sono simile a lui, gravato dallo stesso peccato, in balia di una libertà ostile, immaginaria e sterile.

– La gente non sa che cos'è il peccato.

Sì, adesso mi vergogno di molte cose e chiederei volentieri perdono a Dio. Se solo fossi una persona devota.

# VI.

A Marsiglia conoscevo una ragazza, la chiamavano Angelface. A dire il vero, la conoscevo appena, perché la vidi di notte, una sola volta, lei era nella sua stanza e pensò che fossimo dei ladri, Manuel ed io. Dormiva al pianterreno di una brutta casa. Il paese era a due stazioni da Marsiglia, sua madre abitava lì, e quando la ragazza ne aveva abbastanza della città, delle osterie e dei marinai, tornava da lei e viveva tranquilla come una brava figliola. Per questo la chiamavano Angelface.

Ma noi aggiungevamo: «O la puttana del porto di Marsiglia».

Io e Manuel viaggiavamo con una Ford. Costeggiavamo il mare, nel cuore della notte, e volevamo tornare a Marsiglia. Avevo fame, perciò ci fermammo davanti alla casa in cui abitava Angelface e la svegliammo.

Manuel si inginocchiò, tenendo le braccia appoggiate al muro.

«Angelface!» gridò.

Nessuno rispose. Poi lei attraversò la stanza, si vide soltanto un'ombra bianca scivolare fino alla finestra. Premette il viso bianco contro la fitta rete metallica che proteggeva la finestra dalle zanzare. Non riuscivo a distinguere i suoi lineamenti, ma mi tremavano le ginocchia.

«Sono io», disse Manuel.

«Chi c'è con te?» domandò Angelface.

«Il mio amico», disse Manuel

«Quanti anni ha?» domandò Angelface.

«Venti», disse Manuel. «Vorremmo mangiare qualcosa».

«Non posso farvi entrare», disse Angelface. «Mia madre ha il sonno leggero. Ma vi preparo qualche panino».

Tornai alla macchina e aspettai Manuel. Quando portò i panini, proseguimmo.

«Ami Angelface?» mi chiese Manuel. E aggiunse freddo: «Non è una cosa molto originale amarla».

Questo accadeva sei mesi fa.

Io e Manuel non ci scriviamo mai. Ma tramite un amico mi ha fatto sapere che Angelface si è sparata.

E ora penso che non sia una cosa molto originale amare Sibylle. Penso che nessuno possa resisterle.

# VII.

Prima di conoscere Sibylle, lavoravo con estrema regolarità. Mi alzavo alle sette e quando non dovevo seguire nessun corso, alle otto e mezza andavo nella grande biblioteca. La mattina c'erano molti posti vuoti, ritiravo rapidamente i libri e mi mettevo a leggere. La sala di lettura è semicircolare e ha un'illuminazione cupa, gli scrittoi sono sistemati nel semicerchio come intorno a un oratore. Ho sempre immaginato che lì, al centro della sala, dovesse esserci un oratore, un uomo forte al quale avremmo rivolto lo sguardo senza volerlo, e saperlo lì ci avrebbe tranquillizzati.

Il mio posto era sulla sinistra, accanto alle finestre coperte da tende pesanti. Solo nei pomeriggi luminosi le tende venivano scostate, un po' di sole entrava nella sala e scivolava sbiadito ed esitante sul pavimento. Non riuscivo a guardare fuori, ma il rumore della strada si spingeva fin su e mi attirava. Immaginavo le macchine andare avanti e indietro e sorpassarsi, la gente entrare in fretta nei ristoranti, leggere i giornali e sentirsi a proprio agio, così raccoglievo i miei libri e me ne andavo.

Nessuno ci faceva caso. Se ne stavano tutti per i fatti loro e non prestavano attenzione agli altri.

Andavo in un ristorante e ordinavo qualcosa da mangiare. E quasi sempre avevo molta fame.

# VIII.

Ma tutto ciò finì ben presto. E cominciai a passare le giornate in uno stato di impazienza quasi insopportabile.

Solo quando scendeva la sera, mi rincuoravo, le luci si accendevano e Sibylle si svegliava.

Pensare al suo nome mi riempiva di un piacevole tormento. Lasciavo la biblioteca, andavo a casa, facevo un bagno e mi cambiavo d'abito. Di solito cenavo a casa di certi amici. Partecipavo ai loro discorsi, erano persone amabili, colte, e le serate passavano veloci e animate. Nascondevo la mia impazienza, ma quando guardavo l'orologio erano sempre le nove. Il più delle volte mi intrattenevo con la padrona di casa, che mi piaceva molto. Conosceva mia madre.

Ma una sera tutto fu improvvisamente diverso. Parlavamo, credo, dell'Impero tedesco del Medioevo, della forza simbolica di un nome che non ha avuto riscontro nella realtà. A un tratto la mia voce mi giunse come quella di un estraneo, arrossii, senza volerlo sussurrai il nome di Sibylle, dietro la finestra della sala vidi affiorare il pallore infinito del suo volto, corsi alla finestra e tirai bruscamente la tenda.

Mi guardarono sbalorditi. Che cos'era successo?

Niente, il viso di Sibylle. E che ne sapevano loro, un'estraneità sconfinata ci separò all'improvviso, erano persone estranee quelle che mi guardavano, tra di noi si aprì un baratro, la luce si offuscò, i loro discorsi non arrivavano più al mio orecchio, ora addirittura sparivano e io non potevo farci niente...

Mi ricordai di aver visto spesso, nel teatro del festival di Bayreuth, un cambio di scena molto particolare.

Mentre la musica continuava ad andare, il sipario restava aperto, ma proprio dietro la ribalta si sollevava del fumo attraversato da una luce colorata, il fumo s'infittiva mescolando flutti biancastri e formando pareti sempre più impenetrabili, dietro le quali la scena sprofondava impercettibilmente. Poi calava il silenzio, le nebbie si diradavano e il palcoscenico riaffiorava con un nuovo scenario, rischiarato appena da una giovane luce.

Mi fu chiesto qualcosa e io risposi, ma non so se diedi una risposta che avesse un senso.

Mi alzai e mi avvicinai tutto solo alla padrona di casa, che mi diede la mano sorridendo.

Per strada tirai un sospiro di sollievo. Ero scampato a un pericolo. Nessuno aveva notato la mia fuga.

Così stavano le cose: ero fuggito da loro, l'abisso si era aperto davanti a me e, inesorabilmente attratto, avevo allargato le braccia e mi ero lanciato giù.

Un ragazzo mi sgusciò accanto, teneva la testa bassa e mi lanciò uno sguardo d'esortazione diffidente.

«Lascia la macchina?» domandò. «Vuole che dia un'occhiata?»

Feci cenno di sì.

«Conosci già la mia macchina, vero?» dissi.

Poi guardai il mio orologio.

«Le undici», disse il ragazzo. «Le undici», dissi felice. E tornai in fretta alla macchina. Quando tirai fuori le chiavi dalla tasca pensando alla strada da fare per il Walltheater, dovetti a un tratto prendere fiato e reggermi con una mano al tettuccio. Il ragazzo mi osservava con severità.

Gli gridai: «Sali», e aprii la portiera.

Poi gli misi un braccio intorno alle spalle e lo strinsi forte a me, mentre con la mano sinistra mettevo in moto.

Lui taceva ostinato e mi fissava con muta rassegnazione.

# IX.

Se penso molto a Sibylle?

Direi che non lo so, non ci penso, ma non l'ho dimenticata per un solo istante. È come se non avessi mai vissuto senza di lei. Niente ci unisce, ma sono pervaso dalla sua presenza, a volte ricordo il profumo della sua pelle o i suoi respiri ed è come tenerla ancora tra le braccia ballando, o come se fosse seduta accanto a me e mi bastasse allungare la mano per toccarla. Ma poi che cosa dovrebbe unirci? Quelle lunghe serate, quelle lunghe notti, l'addio all'alba davanti alla sua porta, quelle solitudini infinite...

# X.

Non è ancora tardi, ma l'oscurità è calata come un sipario sulla campagna. Quando penso alla città, mi sembra di averci vissuto senza avere un'idea del mondo, non so come abbia potuto sopportare l'angustia, la terribile uniformità dei muri, la spaventosa riservatezza dei palazzi e lo squallore delle strade. Dormivo, senza sogni che mi confortassero, e quando mi svegliavo ero stanco. Poi sedevo alla scrivania e calava di nuovo il buio, i fari delle macchine correvano su e giù davanti alla mia finestra. Di notte si faceva sempre molto tardi. A volte, mentre tornavo a casa, cominciava ad albeggiare. Prima era buio e i fari sfrecciavano sull'asfalto nerastro illuminandolo. Poi sbiadivano piano, la strada si rischiarava e il suo bagliore scemava. Il cielo fra gli alberi del Tiergarten era inondato di grigio, le nuvole, a forma di sacchi, veli e cunei, avanzavano sul nero che arretrava, i tronchi parevano d'argento, fra i rami danzavano le onde dell'alba.

Desideravo vedere il sole, che da qualche parte stava sorgendo col suo splendore. Ma in città non si vedeva mai. Un po' di rosso nel cielo, lì c'era l'est. Tutto restava immobile.

Mi fermavo davanti al palazzo in cui abitavo. Un vento leggero mi investiva e mi rinfrescava il viso. Era il vento del mattino. Presto si sarebbe perso nel rumore della città, che con la sua frenesia lo soffocava. Io entravo nel palazzo, salivo in ascensore fino al secondo piano, attraversavo il pianerottolo e aprivo la porta del mio appartamento. A stento mi toglievo i vestiti che già sprofondavo nel sonno.

# XI.

Oggi sono impaziente e mi affretto a tornare a casa, come se potesse esserci qualcuno ad aspettarmi. Il che è impossibile, nessuno sa dove mi trovo, non posso ricevere neanche una lettera. Mi costringerò a camminare piano. Ho accumulato tanta di quella fretta furibonda. Per settimane la città mi ha assalito da tutte le parti, il cielo era coperto, il silenzio lacerato. Qui il cielo non ha confini e, se mi siedo su un qualunque mucchio di terra o mi appoggio con le spalle al tronco di un albero, sento soltanto il rumore del vento.

Non riesco a credere che in questa regione malinconica ci possa mai essere la primavera o i colori forti dell'estate. A volte, disteso nel mio letto, mi costringo a immaginarlo, e dall'oscurità affiora pian piano la visione di un campo ondeggiante, le spighe gialle si mettono in fila, un numero infinito di steli gialli si unisce in una marea che s'alza e s'abbassa, un tappeto in movimento sulla terra bruna, da lontano alcuni mietitori avanzano con vigore aprendosi un passaggio, procedono affondando fino alle ginocchia nel giallo crepitante e i fasci cadono a terra frusciando, a destra e a sinistra accanto a loro. Dietro gli uomini, vengono le donne, ridendo, splendenti di sole e di sudore, emanando un odore forte. Le loro braccia nude afferrano i fasci che cadono e li raccolgono in mazzi ben ordinati. Sotto le gonne sollevate si vedono le ginocchia robuste.

Sì, così era d'estate...

Il cielo è attraversato da raggi chiari che accecano. Non si può sopportare tanta luce, si abbassano gli occhi o ci si butta sull'erba: che riluce di freschezza e aderisce dolce e umida alla pelle in fiamme.

Oppure era primavera. E il cielo si innalzava sempre più trasparente, verso una leggerezza lontana, dai colori delicati, soffiavano venti tiepidi, le nuvole attraversavano rapide gli spazi elevati, gli alberi quasi spogli inclinavano le loro cime, si rialzavano e si lasciavano travolgere da quel lieve scompiglio, i prati, pallidi e fiacchi sotto coltri di neve, cominciavano a liberarsi, tentavano di risollevarsi e brillavano. Stando ai bordi dei campi, si veniva rapiti da questo nuovo splendore, tutt'intorno la campagna si immergeva in una giovane umidità, colori pastello, dal verde più chiaro al bianco delle nuvole, un azzurro intatto, l'opaca luce bruna delle pellicce degli animali, un grigio celestiale, l'argento delle cortecce degli alberi, le crepe rossicce della terra, i rami dei noccioli, i resti delle foglie scolorite, le primule gialle che spuntavano sui paludosi terreni brunastri, la terra nera delle aiuole avvolte da veli grigi e poi le zolle nei campi, smosse a fondo e fumanti.

Si camminava e si tendeva il viso verso quei generosi contatti, si respirava l'aria leggermente più calda, si sentiva sbocciare la gioia man mano che si andava avanti, si portavano le mani al petto e si vedeva in lontananza la linea dell'orizzonte avvolta d'argento, si intuivano le colline, le strade appena liberate dal ghiaccio, l'acqua scrosciante, i ponti sulle gole e le ripide cime dei monti che svettavano nelle volte inondate d'azzurro.

Apro gli occhi. La stanza è male illuminata, ma ora è più calda, la stufa bianca crepita, come se stesse bruciando rami d'abete. Se domani vado nel bosco, voglio prendere dei rami e metterli sul fuoco, hanno odore di Natale. Così mi verrà nostalgia.

Mi metto a sedere nel letto. Forse sto meglio. Ma la stanza mi gira davanti agli occhi e ricado sul cuscino. A dire il vero dovrei essere demoralizzato, forse però sono troppo debole per provare qualunque emozione. Questa stanza è così brutta. Se almeno Willy fosse qui! Mi piacerebbe sapere chi ha dormito in questi letti scomodi prima di me.

Ci sono due letti, ma io sono solo.

Tengo il blocco per gli appunti sulle ginocchia e le lettere ballano.

Presto sarò troppo stanco per continuare a scrivere e non sono ancora arrivato al mio tema. Ho un tema, infatti. Voglio scrivere la storia di un amore, ma mi lascio sempre distrarre e parlo solo di me. Probabilmente dipende dal fatto che sono malato. Non riesco a impormi niente. Sono ancora coinvolto nella materia del mio lavoro, mi ero smarrito per cattive strade, ora vorrei tornare alla vita. Vorrei riabituarmi allo scorrere dei giorni, a mangiare, bere e fare un buon sonno.

Perciò sono andato via, ma non avrei dovuto ammalarmi proprio in questo momento. Ora più che mai vengo ricacciato nei più strani intrecci. E mi rimetto a scrivere. Non che avessi smesso in tutte quelle settimane, ho vissuto ripiegato su me stesso, e non mi ha fatto bene. Di Sibylle in realtà non so niente, ho evitato di pensare a lei. O a Willy...

Ma si può pensare a Sibylle?

Posso pensare all'arma che mi ha ferito?

(«Sei stata un'arma, Sibylle, ma nelle mani di chi?»)

# XII.

Oggi comincia la caccia. Scendo le scale, è quasi l'una, l'albergatore è nell'atrio, mi saluta e dice: «La caccia è aperta». In un primo momento non capisco che cosa vuol dire. È come se mi dicesse: «La finestra è aperta». «Ah, bello», dico e vado avanti. Ma l'albergatore mi segue e si siede al mio tavolo. «Domani potrà mangiare cosciotto di capriolo», dice. «Ma lei non è un appassionato di caccia».

«No», dico io, e allora mi racconta quanta selvaggina ospitano questi boschi, quanta ne è stata abbattuta l'anno scorso e quali prezzi si possono ottenere sul mercato. Usa molte espressioni tecniche che non sempre capisco, sebbene mi suonino familiari. Ma sono parole cui non avevo più pensato. Credo sia così che si seppelliscono interi universi concettuali che un tempo erano comuni, scontati e facevano parte della vita. Con i nomi succede lo stesso.

Sto ad ascoltare l'albergatore e gli chiedo chi partecipa alla caccia. Dice che sono i proprietari terrieri dei dintorni. Si riuniscono e vanno nel bosco con i loro fucili da caccia e le loro cavalcature leggere. Hanno aree prestabilite per i picnic, di solito si tratta di radure protette, piccoli prati circondati da cespugli e da alti tronchi. C'è molta allegria, anche le signore partecipano alla caccia e impartiscono ordini ai vetturini, che tirano fuori dalle carrozze le ceste con le vivande. L'albergatore dice che prima della guerra le battute di caccia erano di uno sfarzo addirittura principesco, e quasi tutti i giorni nel suo albergo si teneva un grande pranzo. Naturalmente tutto è cambiato. Ora la gente deve fare economia.

Dopo mangiato, esco e giro con calma per il paese. Oggi a dire il vero mi sento meglio, potrei riprovare a fare una passeggiata, non mi farà male. Prima però voglio bere un caffè da qualche parte.

Entro nella pasticceria in cui qualche giorno fa ho scritto le prime pagine di questi appunti. Il cagnolino non c'è più. La proprietaria è un po' eccitata, di certo per via della caccia.

Ordino un caffè. Accanto alla finestra, a due tavoli da me, siedono tre signori che indossano pesanti soprabiti grigi con il collo di pelliccia. I soprabiti sono fatti di stoffa militare grigia e hanno risvolti verdi sulle maniche. I tre signori parlano di caccia. Sento le stesse espressioni tecniche, che ormai mi sono tornate familiari. A scuola anche noi imparavamo a sparare e a volte mio padre si esercitava con me durante le vacanze. Ma non mi interessa particolarmente e già da tempo non tengo in mano un fucile. Per quel che me ne importa, io detesto la caccia. Non capisco come si possa amare gli animali e nello stesso tempo essere un cacciatore.

Una volta Sibylle mi ha detto che me l'avrebbe fatta pagare, se avessi ucciso degli animali. Le ho risposto che non l'avevo mai fatto. Ma non mi ha creduto. In fondo credo che Sibylle sarebbe più capace di me di uccidere. Possiede una crudeltà molto femminile, e questo mi è stato spesso detto come un avvertimento. Ma non mi importa se lei vuole tormentarmi. Solo all'inizio lo trovavo terribile. Ai suoi occhi non ero molto diverso da Willy.

Willy si lasciava dire da lei qualunque cosa. E lei non aveva alcun riguardo nei suoi confronti. Eppure di solito era piuttosto orgoglioso. Credevo di essere stato io a scoprire Willy. Ma m'illudevo. Sibylle lo conosceva già da anni e lui si avvicinò a me perché notò che ero interessato a Sibylle. Questo però non è il termine adatto, io mi sono interessato solo a me stesso e in maniera così abile che ho continuato a considerarmi libero anche quando già da tempo vivevo in un mondo del tutto singolare, estraneo e isolato. Credo che si possa avere il controllo di una situazione solo se non si è più coinvolti personalmente. Se non avessi amato tanto Sibylle, forse avrei potuto essere qualcosa per lei. Ne sono convinto. Ma così non potevo essere niente per lei, semplicemente perché la amavo troppo. Tra poco rientrerò. Non ho voglia di ricordare tutti gli errori che ho commesso. La maggior parte di essi era inevitabile, e i consigli degli amici non mi sono serviti a niente.

Ora ho sempre mal di testa, credo anche di avere la febbre ogni sera. Ma sarò paziente. Potrei andare nel bosco, solo che adesso ci sono i cacciatori e non vorrei incontrarli. I tre signori del tavolo accanto hanno finito di bere il loro vino e se ne vanno. Li seguo con lo sguardo, anche se non mi interessano affatto. Poi me ne vado anch'io.

Fuori è già buio. Mi fa molto piacere che le giornate siano così brevi e passino in fretta. Ma perché poi sono contento? Non ho alcun motivo di contare i giorni. Non ho nessun obiettivo.

Cammino lentamente per questa cittadina. In pratica c'è solo una strada, viene chiamata *strada principale* ed è illuminata. La gente si accalca davanti a un negozio, sento da lontano un altoparlante che annuncia le previsioni del tempo. Poi arrivano le notizie politiche del giorno e ora comincia un valzer...

Un cane se ne sta fra le gambe degli uomini e abbaia contro l'altoparlante invisibile. Un operaio dà un calcio al cane. Sibylle l'avrebbe sicuramente rimproverato. Non le piace veder maltrattare gli animali. Una volta – ci conoscevamo da poco – sgridò un vecchio che si trascinava dietro il suo cane. Era notte fonda e il cane era mezzo morto dalla fame. Non aveva il collare, l'uomo gli aveva legato al collo una semplice corda, con la quale lo tirava imprecando.

Io camminavo dietro Sibylle e quasi inciampai nel cane. Ero terribilmente stanco e non l'avevo visto. Tutto cominciò così. Sibylle aveva l'abitudine, dopo lo spettacolo, di fermarsi fino alle tre al Walltheater. Arrivava alle undici, ma non potevo vederla perché restava nel suo camerino a cambiarsi. Ci metteva parecchio. Dopo qualche tempo cominciai ad entrare, di tanto in tanto; lei sembrava non avere niente in contrario. La vecchia guardarobiera mi porgeva una sedia e io mi sedevo in modo da vedere Sibylle davanti allo specchio, tenendo le spalle appoggiate alla parete. Poi, fra le dodici e l'una, Sibylle doveva cantare, indossava un abito color ruggine ed era meravigliosa, somigliava a un angelo gotico, ma sembrava anche un ragazzino per via dei fianchi stretti. Non le importava niente di cantare, alla fine si inchinava come tutte le altre cantanti e generalmente era molto corretta. Però non si appoggiava al sipario con una mano e non lo scostava di lato, se ne stava lì e aspettava che tutto terminasse.

Quando aveva finito, veniva al mio tavolo e ordinava da bere. Restava fino alle tre. Rimanevo anch'io perché non volevo separarmi da lei. Poi andavamo via, quasi sempre da soli; appena uscivamo, spuntava Willy e chiedeva se doveva procurarci una macchina. Ma di solito avevo la mia, oppure facevamo due passi. Willy ci seguiva a una certa distanza e, mentre andavamo a mangiare, aspettava fuori insieme agli autisti. Solo quando vide che accompagnavo Sibylle fino al portone di casa, smise di venire. Sibylle sembrava non accorgersi di niente e a me non importava.

Proprio quella notte ero per la prima volta così stanco da non poterlo nascondere. Non dicevo una parola e non riuscivo neanche a mangiare. Sibylle domandò: «Come va il suo lavoro?». Me lo ricordo bene, perché fui molto sorpreso che me lo chiedesse. Ma non risposi. «Credo che dovrebbe dormire di più», disse lei poggiando una mano sul mio braccio. E non disse altro. Poi per strada inciampai nel cane. Lei si fermò di colpo e ordinò al vecchio di lasciare il guinzaglio. «Non vede che quest'animale non riesce più ad andare avanti?» disse, non avevo mai sentito la sua voce così acuta. L'uomo imprecò in maniera orribile e io pensai che sarebbe successo qualcosa. Volevo mettermi fra lui e Sibylle, ma lei mi rispedì nel locale – avevamo fatto solo pochi passi – ordinandomi di andare a chiedere del latte. Ci andai e lì incontrai Willy. Era seduto al banco in mezzo a un gruppo di giovanotti. Quando fui sulla porta, scivolò subito giù dalla sedia e chiese se Sibylle avesse dimenticato qualcosa. Poi mi procurò il latte e mi accompagnò. Sibylle era ancora china sul cane e sembrava stesse spiegando al vecchio come doveva prendersi cura dell'animale. Quello inveì a bassa voce, dicendo che il cane doveva tornare a casa, e Sibylle replicò che ci sarebbe andato solo dopo aver bevuto il latte. Ma ci volle un po' prima che il cane cominciasse a bere. Evidentemente aveva paura. Poi trotterellò docile dietro il vecchio.

Intanto Willy aveva chiamato un'automobile. Sibylle disse che ora era molto stanca e mi chiese se volevo un passaggio. Ma non valeva la pena, così le strinsi la mano e la guardai andar via. Avevo una sensazione di vuoto nello stomaco e mi girava un po' la testa.

Willy non salutò, sedeva davanti, accanto all'autista, e sembrava molto soddisfatto. Credo che non gli pesasse restare alzato tutta la notte.

# XIII.

Poi conobbi Erik. Veniva dalla Svezia ed era parente di Magnus, ma questo io non lo sapevo, lo incontrai al bar del Walltheater e fu Sibylle a presentarci. Lui mi domandò se sapessi sciare. Alla prima neve, disse, voleva andare in Svizzera e restarci per tre mesi. Aveva moglie e due figli, di cui teneva le fotografie nel portafogli. Me le mostrò quando tirò fuori il portafogli per pagare. Aveva anche un lavoro, ma non sembrava darvi importanza, non ne parlava mai. Tra l'altro Sibylle sembrava conoscerlo da tempo. Mi piacque. Bevve solo un whisky, mentre io bevevo tre cognac e, tra uno e l'altro, anche un whisky. Lo notò e disse che di certo non mi avrebbe fatto bene. Allora Sibylle gli mise la mano sulla spalla e disse: «Di questo lascia che mi occupi io».

Lo trovai strano da parte di Sibylle e non osai più guardarlo. Presto se ne andò. Sibylle uscì insieme a lui, ma poi tornò, ordinò da bere e non mi rivolse più neanche un'occhiata. Quando si fece portare il cappotto, pagai e uscii con lei. Quel giorno non c'erano cani per strada. Willy era accanto alla porta, quando salimmo in macchina. Sibylle abbassò in avanti il sedile e gli chiese se voleva un passaggio. Lui mi guardò e disse: «Ha dimenticato di accendere le luci». Io risposi: «Perché mi dai del lei?». Sibylle guardò dritto davanti a sé e mi indicò la strada. Erano circa le quattro del mattino, c'era nebbia e la strada era molto scivolosa. Andavo piano, ma Sibylle era terribilmente impaziente e ogni tanto batteva il piede. Accelerai stringendo i denti. Guidavo senza troppa attenzione e all'improvviso ci si parò davanti un grosso tronco d'albero. Stava in mezzo all'incrocio di due strade ed era possente come un colosso dalla pelle rugosa nell'oscurità umida e velata di nebbia. Non so bene come feci a passare. A un tratto Sibylle disse: «A destra», con la sua voce profonda, rassicurante, e ci trovammo nella strada successiva.

Procedevamo molto piano. Finalmente domandai a Sibylle dove volesse andare. «Dove?» disse. «Non lo so neanch'io. C'è bisogno di saperlo?». Mi diressi verso un distributore di benzina, era chiuso, all'angolo della strada seguente chiesi a un autista dove potevo trovare un stazione di servizio notturna. Era piuttosto lontana e io non avevo più acqua nel radiatore.

«Ti è piaciuto Erik?» chiese Sibylle.

«È molto intelligente».

Diedi un'occhiata al quadro e ricominciai ad andare più piano.

«La macchina se ne va in malora a trattarla così», dissi. Esageravo, ma ero triste e furente. Amo la mia macchina, un terzo me lo sono guadagnato da me, gli altri due terzi li ha pagati mio padre prima di andare in Russia per via dei grandi pozzi petroliferi.

Finalmente arrivammo al distributore.

Era una pompa Olex e l'uomo era molto cordiale. Cercai di svitare il coperchio dell'acqua. Dal radiatore salivano nuvole rotonde di vapore. Faceva molto freddo, ma il metallo era così caldo che non potevo toccarlo a mani nude.

Quando alzai gli occhi, realizzai all'improvviso che mi trovavo proprio sotto la luce dei due fari e intorno tutto era buio. Era come se stessi su un podio illuminato nel mezzo dell'universo buio: come il mare che circonda un'isola, la notte sconfinata intorno a noi, la macchina, l'uomo del distributore, io e Sibylle. Il vetro anteriore della macchina era appannato, ma dietro vidi affiorare, irreali, il viso di Sibylle e i suoi occhi, che rilucevano appena come fiori pallidi.

Non sentivo più neanche il freddo. Feci per pagare, ma avevo soltanto banconote, Sibylle aprì la portiera e mi diede due monete da cinque marchi. L'uomo salutò e partimmo. Solo allora notai che Willy non era più in macchina.

Presto ci perdemmo. Le strade erano deserte e non si poteva chiedere informazioni a nessuno. Procedevamo sempre molto veloci.

Poi arrivammo su un ponte, non ce ne saremmo quasi accorti, se il rumore dell'auto in corsa non fosse improvvisamente cambiato. Mi tenevo sulla destra, il ponte non era illuminato, la strada veniva rischiarata solo dal cono di luce dei fari, mentre dall'ombra vedevamo emergere massicci piloni di cemento sormontati da una scura struttura di ferro, ampi archi sorretti e tenuti insieme da numerose nervature. Aprii il finestrino e mi sporsi fuori. L'acqua scorreva sotto di noi rapida e impetuosa, un po' di luce arrivava sulla superficie, tanto che era possibile vedere le onde rincorrersi irrequiete, scontrandosi in numerosi vortici. Sopra, il cielo si inarcava tranquillo e noi stavamo sospesi nel mezzo, quasi staccati da terra.

«Che bello», dissi.

«Sì», disse Sibylle.

«A che cosa pensavano, quando hanno costruito il primo ponte?»

«Volevano passare sull'altra riva. Perciò misero un tronco d'albero tra una riva e l'altra».

«Gli indiani hanno i ponti sospesi. Oscillano, quando ci si passa sopra. E stanno sospesi sui precipizi».

«Ma ora si costruiscono splendidi ponti. A New York per esempio. E in Svezia so che c'è un ponte di cemento che sembra fatto di carta lucida e bianca, con tanti pilastri leggeri».

«Dovremmo andare nella terra degli indiani», dissi. «Dovremmo procurarci dei soldi».

«Niente di più facile», disse Sibylle. «Ma tu non puoi partire. Non ti lasciano partire».

«Niente di più facile», dissi.

Sibylle ricominciò a fumare. Fumava quasi sempre quando andavamo in macchina e qualche volta dava anche a me una sigaretta che accendeva e poi mi infilava fra le labbra.

«Potrebbe costarti la carriera», disse.

Ho scordato di dire che voglio diventare un diplomatico. A questo scopo mio padre mi ha spianato tutte le strade possibili. Pretende che termini gli studi in legge e che contemporaneamente prenda lezioni di francese e di inglese. Ma le lezioni di lingua le trascuravo completamente già da alcune settimane.

«Potrebbe costarti la carriera», disse Sibylle. La parola *carriera* non mi faceva pensare più a niente. Era una parola vuota.

«Che cosa vuol dire al giorno d'oggi», dissi di malumore. Io e Magnus avevamo spesso discusso del fatto che alla nostra generazione è rimasto ben poco, a parte l'enorme privilegio dell'amicizia. Quel che volevamo dire era che ogni ovvia premessa è andata perduta, che ci manca un obiettivo degno di questo nome e che dalla nostra vita è scomparsa ogni certezza. Volevamo dire che in questo modo ci si accorge persino dell'estrema inutilità di simili ragioni di vita, si perde ogni ambizione borghese, si capisce quanto sia effimera l'aria del successo e ci si abitua presto a una sorta di «rassegnazione» da cinquantenni. In persone di vent'anni però questa contiene più serenità e più coraggio, una rinuncia con sfumature positive.

Pensavamo che fosse una grande fortuna trovare amici con cui essere in sintonia e sentirsi legati a loro da un affetto fraterno. Vivere con loro da qualche parte, viaggiare, riflettere insieme, farsi forza l'un l'altro interiormente, e amarsi, questo ci sembrava il nostro privilegio. Ma ciò nonostante non avevo mai pensato seriamente di rinunciare alle mie prospettive professionali. Ora immaginavo di poter viaggiare con Sibylle e davanti a me sorgevano città portuali, ampi fiumi con barche ondeggianti, steppe, branchi di animali migratori, aeroporti con baracche di legno nuove, autocarri su strade bianche e sole cocente su verande coperte.

«La cosa migliore sarebbe non tornare più», dissi. Poi mi accorsi che Sibylle sorrideva e guardava diritto davanti a sé. Sembrava non pensare più ai ponti.

«Andiamo», disse.

Mi tirai su e nel buio cercai a tentoni la chiave.

«Non ce la faccio più», dissi.

All'improvviso fui assalito da un senso di sconforto, come se qualcuno mi avesse svegliato da un sonno sfibrante.

Sibylle mi guardava in silenzio.

«Non ce la faccio più», ripetei. Poi la notte cominciò a girare vorticosamente intorno a noi. Mi premetti la mano sugli occhi, sfere colorate si staccavano dall'oscurità, si avvicinavano al mio viso, si ingrossavano, mi accecavano ed esplodevano. La nausea mi salì alla gola, strozzandomi. Girai la testa come se così potessi liberarmi.

Sibylle si voltò di colpo verso di me e mi mise le mani sul viso. Le sue mani erano fredde. Era come se la mia testa venisse adagiata sul lino fresco.

Dopo un po' mi fece bere un sorso da una bottiglietta che portava con sé. Era molto forte e bevvi controvoglia. Mi aveva fatto poggiare la testa sulla sua spalla e mi sentivo meglio. Ogni tanto il suo respiro mi sfiorava, come se stessimo ballando e ogni tanto lei premeva per un attimo il mento e la guancia contro la mia fronte.

Misi in moto e partimmo. Mi costava una fatica indescrivibile seguire la strada. Credevo che da un momento all'altro mi sarebbe sfuggito di mano il volante. La strada curvava di qua e di là, alberi, lampioni, persino la linea diritta del marciapiede, vedevo tutto all'ultimo momento. Era come se ogni cosa precipitasse nel mio campo visivo, confondendomi.

Sibylle mi toccò la spalla con la mano sinistra. Questo mi tranquillizzò. Ogni tanto stringeva più forte. Naturalmente andavo molto piano, d'un tratto lei mi spostò con decisione il piede dall'acceleratore e diede gas. Una guida pericolosa. Poco dopo mi fermai, aprii la portiera e dissi: «Ora puoi guidare tu».

Sembrò un po' spaventata, ma disse soltanto: «Se vuoi...», e rimase qualche secondo seduta a guardarmi. Poi ci scambiammo di posto. Non sapevo nemmeno se sapeva guidare, ma ero così stanco che non mi importava.

Non partì subito, perciò misi in moto al suo posto; quando fummo in terza, mi appoggiai allo schienale e guardai fuori attraverso il vetro leggermente appannato. Eravamo sulla Heerstrasse, da qualche parte, assai lontano dal centro. Andavamo velocissimi. Talvolta la macchina si avvicinava a un lato della strada, come attratta da una calamita. Era molto pericoloso e spesso all'ultimo minuto dovevo girare il volante dalla parte opposta, a un passo dal ciglio della strada o da un altro ostacolo.

Si stava facendo giorno, un sottile strato di nebbia ondeggiava nel bosco, a circa un metro da terra, avvolgendo i tronchi degli abeti. Quando voltai la testa, vidi un pallido rossore nel cielo. Il resto era tutto color ghiaccio, freddo e senza un alito di vento. Ci avvicinavamo alla città e mi rimisi alla guida. Il viso di Sibylle era diverso, sembrava molto stanca, ma era meno pallida del solito e i suoi occhi avevano una luce più intensa. Quando scese davanti al portone di casa sua, si premette la mia mano sulla guancia e disse che dovevo prometterle di guidare con prudenza fino a casa e di non alzarmi assolutamente prima di mezzogiorno. Arrivato al mio appartamento, lasciai la macchina in strada. Ormai era giorno fatto. Mi sentivo abbastanza bene e salii al secondo piano senza prendere l'ascensore. Nella mia camera la domestica aveva tirato le tende nere, era buio e mi misi subito a letto. Non riuscivo a dormire. Pensavo al tragitto in macchina e a come era stato follemente pericoloso. Sibylle era andata così veloce che probabilmente ci saremmo ribaltati se avessimo toccato il ciglio della strada. Ma non si trattava di quello. C'era di peggio: capii che l'idea di un incidente mi lasciava nell'indifferenza. Sibylle mi aveva chiesto: «Hai avuto paura?». Io avevo detto no, ed era vero. Ero troppo stanco per avere paura. Pensavo: se ha piacere che ci rompiamo l'osso del collo, faccia pure.

Ora, in ginocchio sul letto, continuava a essermi indifferente, non riuscivo a provare orrore al pensiero che avrei potuto morire. Ma quando mi resi conto di questo, fui preso da una sorta di disperazione, mi lasciai cadere e piansi senza ritegno, e per la prima volta la vita mi fece paura.

# XIV.

L'indomani dormii fino a mezzogiorno. La domestica entrò una volta, verso le undici, e lasciò il caffè sul tavolo basso accanto al mio letto. Domandò anche se doveva portarmi qualcosa da mangiare, ma io dissi che mi sentivo molto male e che preferivo continuare a dormire. Quando due ore dopo mi alzai, mi venne la nausea. Dovetti distendermi di nuovo, in un bagno di sudore. Rimasi così, senza muovermi, finché accanto a me squillò il telefono. Era Erik. Mi chiese se volevo far colazione con lui, sarebbe passato a prendermi dopo una mezz'ora. «Mi fa venir voglia di aver cura di lei», disse.

Mi feci un bagno e mi vestii. Continuava a girarmi la testa, come ormai quasi ogni mattina. Dopotutto, pensavo che ci si potesse abituare a una simile condizione.

Erik fu molto puntuale. Diede prima un'occhiata ai miei libri e si fermò davanti alla scrivania. «Lavora tanto?» domandò. «Studia ancora, lei è molto fortunato». Non sapevo che cosa rispondere. «Sono sempre stato un avventuriero», disse Erik. «Alla sua età ero un avventuriero dello spirito, credo».

Sopra la scrivania era appesa una grande fotografia di Sibylle. Portava i pantaloni corti e una camicia a grandi scacchi aperta. Il viso bianco, troppo illuminato, sembrava quasi una maschera. Ma si riconosceva il fievole splendore dei suoi occhi, come se si facesse largo fra mille tenebre. «Ha degli occhi meravigliosi», disse Erik. «Ieri ho visto Magnus. Sa che cosa mi ha detto di lei? Ma prenda il cappotto, andiamo. Dunque, ha detto che per lei non c'è più niente da fare. Che è troppo giovane per sopportare simili emozioni. Proprio così, che lei è cagionevole e schiavo dei sensi come un liceale. Non è stata un'espressione molto gentile. Suppongo che Magnus le voglia bene e che gli dispiaccia dover perdere la stima che ha di lei. Strindberg ha detto: "Peccato per gli esseri umani"».

Quella conversazione era molto penosa per me. Quando si soffre, non si sopporta volentieri che le proprie sofferenze vengano prese alla leggera.

«Magnus sa molto bene quello che dice», dissi.

«No», disse Erik. Quando parcheggiò davanti all'«Atelier», una guardia gli disse che doveva accostare di più al marciapiede. Lo fece, mentre io aspettavo. Avevo freddo. Poi entrammo ed Erik ordinò scrupolosamente da mangiare. Mi trattava come un bambinetto. Ricordo ancora tutti i particolari di quel pranzo, perché per la prima volta dopo molto tempo ero perfettamente lucido, seduto a una tavola apparecchiata di tutto punto e mangiavo delle buone pietanze. Intanto parlavamo, era una conversazione molto prudente, una conversazione fra avversari non dichiarati. A un tratto domandai:

«Lei ama Sibylle?»

Tacque e sembrò sorpreso. Poi mi rispose con molta calma:

«Due anni fa, andavo tutte le sere in un brutto cabaret di Bruxelles. Sibylle era lì. Secondo lei, per quale motivo ora vado al Walltheater?»

Non lo conoscevo affatto, ma avevo paura che mi considerasse un suo rivale. In quel momento avevo bisogno di un amico, ero molto solo.

«Devo andarmene?» chiese Erik. «Forse vuole che sparisca».

«No», dissi, «non servirebbe a niente».

Sapevo bene che non mi sarebbe servito a niente con Sibylle, se Erik se ne fosse andato. E non le avevamo neanche chiesto il suo parere.

«La gente dice che Sibylle è una donna fredda», disse Erik. «Ma mio caro, lei non mangia niente. Parliamo d'altro».

«Da settimane non penso che a Sibylle», dissi. Erik mi avvicinò un vassoio e mise qualcosa nel mio piatto.

«Credo che ne abbia passate tante», disse. «Senza dubbio ha rovinato diverse persone. Ma gli esseri più spregevoli non ce li ha sulla coscienza».

«Ieri ho avuto improvvisamente paura», dissi.

Fuori splendeva il sole. Non si vedeva direttamente, ma attraverso le tende qualche raggio riusciva a passare, diffondendo sulle pareti di pietra un alito di calore dolce, dai colori intensi. Una signora attraversò il locale, il suo viso, colpito per un istante dagli impercettibili raggi del sole, si illuminò, e in quel momento i suoi capelli biondi sembrarono oro liquido.

Avevo le mani fredde, sebbene il ristorante fosse ben riscaldato.

«Mi hanno sempre detto che prima o poi mi sarebbe capitato qualcosa», dissi. «Ma non ci ho mai creduto. I miei insegnanti dicevano che una volta o l'altra sarei andato a finir male».

«Già, ci si immagina le cose sempre diverse da come sono in realtà».

«Non sono geloso», dissi. Speravo proprio che Erik si accorgesse che eravamo alleati per natura. Perché avrei dovuto essere geloso, se lui amava Sibylle, o se Sibylle amava lui? In fondo avremmo parlato la stessa lingua. Mi sentii un po' rincuorato.

# XV.

Dai boschi l'eco degli spari arriva fin nella cittadina e riempie l'aria di inquietudine. Questa mattina, di buon'ora, sono stato nel parco del castello, le vecchie mura trasudavano umidità. È un bel castello, sebbene non si riesca più a capirne lo stile. È stato sempre abitato da qualche prìncipe che ha costruito, demolito o ampliato secondo le proprie esigenze. Alcune finestre ai piani superiori delle torri circolari sono poco più che feritoie, mentre quelle del lungo edificio principale sono alte, numerose e decorate in puro stile tardo-barocco. Il custode abita in un locale con un semplice soffitto a stucchi e il pavimento di legno d'abete tirato a lucido. Il cortile, lastricato, è così grande che una macchina vi può comodamente girare. Sul davanti, di fronte al parco e all'acqua, le due ali del castello sono collegate da un colonnato diritto. Le colonne sono rosa pallido, gialle o bianche a seconda della luce, e si ha sempre voglia di appoggiarvisi per guardare giù nel parco. Ora la vista è piuttosto triste. Gli alberi sono spogli e le foglie galleggiano gialle e rossicce sulla superficie dell'acqua. Oggi i rami erano ricoperti di una rugiada pesante e satura che sembrava quasi brina. Rimarrei tutto il giorno fuori. Ho come la gola prosciugata, sebbene beva molto. Ho trascorso una brutta nottata.

Ora vado. Non voglio passare per i boschi, come faccio di solito, prendo invece una strada a sinistra, che costeggia la chiesa, lascia con discrezione la città e si addentra nelle colline sabbiose, piatte, che si distinguono appena. All'inizio cammino piuttosto spedito. Sono contento di allontanarmi dai boschi. Dagli ovattati terreni muscosi, dalle buche scavate dai conigli, dagli aghi d'abete che cadono leggeri. Dalle tane calde degli animali.

Qui c'è solo una superficie nuda, un grande mare ondulato. Il terreno nelle ultime settimane ha assorbito molta umidità. A destra hanno cominciato a tagliare le colline, nelle cave di sabbia si lavora, una ruspa produce un gran baccano e fa tremare l'aria pura, rarefatta, mentre una gru svetta, nera. Cammino sull'orlo della cava e guardo gli operai. Sono uomini seri, composti, che ispirano rispetto. Lavorano incessantemente dal mattino presto, mangiano il loro pranzo all'aria aperta, sul posto di lavoro, e la sera percorrono impassibili la lunga strada per tornare nella piccola città.

Continuo a camminare e dopo più di un'ora arrivo in un villaggio. La strada è lastricata al centro, ai lati sorgono basse case grige i cui tetti non sporgono oltre i muri. Non ci si potrebbe nemmeno riparare dalla pioggia. Vado alla trattoria del paese e mi siedo nella sala della mescita. Il locale è grande, basso e in penombra. Le pareti sono annerite. I tavoli e le panche sono grezzi e pesanti, e il legno è chiaro e scolorito dal tempo. Sopra il banco di mescita sta appeso un ritratto di Bismarck, circondato da una corona di foglie di quercia.

L'oste non ha carta per scrivere, perciò vado prima in centro e trovo un negozio dove posso comperare anche l'inchiostro e una penna. Torno alla trattoria, ordino del vino rosso e sistemo i fogli accanto a me. Non posso ancora scrivere, sono molto stanco per la camminata.

Ma poi scrivo. Mio Dio, è già diventata un'abitudine e scriverò un intero libro, quasi senza accorgermene... Manderò il libro a Sibylle, lei lo leggerà e mi dirà se lo trova bello o brutto. Se lo troverà bello, lo farò pubblicare. No, non ho questo genere di ambizioni. La gente diceva sempre che per colpa di Sibylle rinnegavo tutte le mie buone qualità.

Eppure all'inizio riponevano in me qualche speranza. Ma in realtà tutti erano d'accordo con Magnus, io stesso gli davo ragione, e ciò mi intristiva. Dicevano anche che avrei fatto bene a rendermene conto e a fare chiarezza su quel che mi aspettavo da Sibylle. Naturalmente non mi aspettavo niente da lei, e quando mi rinfacciavano che non era possibile vivere con una donna come Sibylle, già sapevo il motivo. Credevano tutti che Sibylle fosse l'amante ideale, solo io sapevo che era impossibile averla, neanche se avessi avuto del denaro, se fossi stato dieci anni più vecchio e del tutto indipendente. Tutti pensavano che Sibylle mi ingannasse e che non mi lasciasse soltanto per interesse. Non potevano immaginare che una donna come Sibylle riuscisse a vivere senza un amante. Ma a volte Sibylle mi sembrava così stranamente indaffarata che mi sentivo lontanissimo dalla sua confidenza. Sapevo che mi mentiva o almeno che mi taceva qualcosa di importante, forse la cosa più importante della sua vita. Una volta glielo dissi. Era notte fonda e stavamo bevendo qualcosa in un'osteria sulla Kantstrasse. Era scortese con me e io ero triste, per questo glielo chiesi. Rispose immediatamente che, se non mi avesse voluto bene, non avrebbe sacrificato per me un solo istante del suo sonno. In quel momento mi resi conto che io sacrificavo per lei il mio sonno e ben altro, e che per questa ragione la amavo, la stessa ragione che potrebbe indurre a odiare un'altra persona. O forse a volte la odiavo. Ma avrei potuto odiare anche me stesso.

Mi raccontavano molte cose sul conto di Sibylle, che aveva vissuto con un autista e poi con un mercante d'arte. Che l'autista era in prigione e il mercante d'arte si era ucciso.

Naturalmente erano sciocchezze, bugie, chiacchiere. Ma in realtà avrebbe potuto essere tutto vero. In fondo si può solo morire per Sibylle. Vivere per lei, dicevano i miei amici, era umiliante.

Ma non capivano niente di lei. Prendevano tutto alla leggera, sarebbe stato troppo pesante, altrimenti, sopportare l'esistenza: perché tutto ciò che accade è terribilmente concatenato e tutto ciò che si fa ha mille conseguenze e la responsabilità è enorme e nessun giudizio è esatto ed equo. Eppure dobbiamo vivere...

# XVI.

Poi cominciai a vedere Erik tutti i giorni e diventammo buoni amici. Mangiavamo insieme, veniva a prendermi a casa, a volte mi svegliava, erano già le due del pomeriggio, e quando mi alzavo avevo la nausea. Lui diceva che voleva far venire un medico, ma si rendeva conto che non sarebbe servito a molto.

«Ti fa piacere star male e non poter più lavorare, vero?», diceva. Io invece lo trovavo terribile, solo che non potevo farci niente, non sapevo come uscirne. Ormai ero così sfiduciato che non osavo più riflettere su niente. Non avevo mai pensato che potesse veramente capitarmi qualcosa. E continuavo a non crederlo, solo che ogni tanto avevo paura e quando tornavo a casa ed era buio oppure spuntava il giorno sulle strade, talvolta pensavo che non me la sarei più cavata. Non lo dicevo a nessuno, neanche ad Erik. Forse lui lo intuiva, era molto preoccupato per me.

«Probabilmente Sibylle partirà insieme a me», mi disse una volta. «Potrebbe anche partire con te, se hai del denaro, ma credo piuttosto che verrà via con me».

Annuii e mi sembrò un'ottima cosa. Erik voleva fumare, presi le sigarette dal soggiorno e gliele offrii. Stavano in una scatola di legno intarsiato che avevo comperato a Milano. Ci ero stato con Magnus, sua sorella Edith e con altre due ragazze. Erano molto carine e passammo la metà delle nostre vacanze estive con loro in Italia. Eravamo tutti e cinque molto amici, è stato solo qualche mese fa. Quando presi in mano la scatola, il ricordo mi assalì all'improvviso. Il negozio si trovava in una stradina buia vicina al duomo. La piazza del duomo era bianca e accecante sotto il sole. Sui gradini davanti ai portali alcuni mendicanti stavano distesi e dormivano, dei bambini correvano in mezzo a loro, ogni tanto la tenda scura di una porta veniva scostata di lato e un prete scendeva in fretta le scale fino alla piazza. Portava una sciarpa rosso vino sull'abito nero. Noi giravamo per la città, bevendo molto, e la sera percorrevamo la grande autostrada per tornare a casa, in piena campagna, fra i gelsi. Ora tenevo in mano la scatola di Milano, ero a Berlino, gli amici erano lontani e non erano più miei amici, li avevo dimenticati.

«Erik», dissi, «riesci a immaginare che Sibylle muoia?»

«Certo», disse.

«Oppure di non conoscerla? Di aver solo inventato la sua esistenza? Di vivere senza di lei, di esserti liberato di lei?»

«Figliolo, tu dovresti davvero liberarti di lei».

«Allora non la vedrei più», dissi. «È assolutamente impossibile, non ci si può rinunciare. E pensare che un tempo...»

Incredibile, era bastato un ricordo per darmi inaspettatamente la consapevolezza che un tempo ero stato molto felice, leggero, e che in realtà continuavo a portare Sibylle dentro di me come un brutto sogno.

Sibylle continuava a cantare sul palcoscenico e ora indossava un altro abito che mi piaceva ancor più del primo. Aveva una leggera scollatura rotonda ed era molto aderente sui fianchi, sottolineando così il suo corpo sottile. I capelli erano un po' più lisci e mettevano in evidenza le tempie. Che erano bianche e trasparenti, le mani erano trasparenti, il viso splendeva pallido e sotto gli occhi aveva delle ombre blu.

## XVII.

Proprio quando le cose andavano per il meglio fra me ed Erik, lui partì. Disse che aveva degli affari da sbrigare e che sarebbe tornato dopo otto giorni. Il primo giorno andai al teatro molto tardi, ripromettendomi di non aspettare Sibylle.

C'era molta gente. Feci fatica a raggiungere il mio solito posto.

Sul palcoscenico ballavano Fred e Ingo. Facevano lo stesso numero da tre mesi, ma era così ovunque, e continuavano ad avere successo.

Non erano affatto interessati a quel che facevano, c'era qualcuno che insegnava i passi di danza e loro si esercitavano coscienziosamente. Il tutto era solo una dimostrazione della loro abilità, del loro zelo e della loro giovinezza. Li trovavo noiosi, ma capivo che erano infantili e gradevoli e che alla gente piaceva vedere questo genere di cose. Come ho già detto, era così ovunque e di notte l'intera città era piena di sale illuminate, lussuosamente addobbate, dove persone giovani e graziose facevano mostra di sé, tutto era ben organizzato, spaventosamente chiassoso e variopinto, e non aveva proprio niente a che fare con l'arte o con qualsiasi altra emozione profonda. Era come un enorme girare a vuoto e i più attivi erano di una indolenza estremamente miope. Ma forse non aveva alcun senso ribellarsi a tutto questo, la gente non era capace di un vero progresso.

Alcuni ci provavano individualmente e creavano cose straordinarie che restavano inutilizzate e di cui si occupava sempre e solo un numero infinitamente piccolo di persone. Lo stesso succedeva con i risultati raggiunti dai filosofi: c'erano studiosi che passavano una vita a far ricerche, raccoglievano una quantità enorme di materiale e alla fine della loro esistenza ottenevano lo scopo, pensando di aver prestato un servizio all'umanità, di aver compiuto un passo avanti nella grande conoscenza. Sapevano bene che infine questa conoscenza doveva condurre alla conoscenza di Dio. Ma poi, i libri che contenevano la loro opera restavano nelle biblioteche e nessuno li leggeva, perché nessuno aveva tempo, tranne forse un paio di specialisti e persino questi a stento riuscivano a leggere tutto ciò che aveva richiesto il lavoro di una vita. In fondo, quanti di quei pensieri erano destinati a dare dei frutti e per quali vie traverse!

Quando Fred e Ingo ebbero finito di ballare, ordinai un cognac. Il cameriere mi disse che Sibylle aveva già cantato e sarebbe arrivata presto. Solo allora notai che le persone sedute al tavolo accanto mi guardavano ed evidentemente si aspettavano che le salutassi. Lo feci, perché tra loro c'era una signora. Era seduta di spalle, ma si voltò, mi sorrise e mi chiese se volevo sedermi al loro tavolo. «Ha un'aria così triste», disse. Replicai che ero di ottimo umore, arrossendo imbarazzato perché era bella e perché ignoravo il suo nome. Il suo accompagnatore era calvo ed elegante, e aveva occhi insieme spenti e maliziosi. Gli occhi di lei invece erano luminosi, aveva uno sguardo molto intenso, assoluto, uno sguardo che cercava di conquistare con la dolcezza.

Parlava di molte persone che avevo già visto altre volte o di amici dei miei genitori. Io mi barcamenavo e conversavamo piacevolmente. Ogni tanto lei diceva qualcosa di inaspettato a cui non sapevo come rispondere. Poi taceva e i suoi occhi diventavano sempre più intensi.

«Vorrei sapere dove è stato ieri sera», disse. «Vorrei sapere dove conduce la sua seconda vita».

«Preferisco che lei non lo sappia», dissi, era una risposta maldestra e altezzosa, e arrossii di nuovo.

Lei rise e rise anche il suo accompagnatore. Costui non interveniva mai, ma si univa alla sua donna come per confermare ciò che diceva lei. Che lo guardava amichevolmente e sembrava volergli bene. Fui sorpreso quando seppi che era suo marito. Mi sembrava un tipo assai insignificante.

Quando arrivò Sibylle, mi alzai, salutai e ci sedemmo tutti e due al mio tavolo. Qualche giorno dopo fui invitato a cena dalla signora von Niehoff. L'avevo completamente dimenticata. Rimasi sorpreso nel rivederla perché era molto più bella di quanto ricordassi. Arrivai un po' troppo presto, la figlioletta era ancora con lei e stava cenando su un vassoio azzurro. Era una bimba molto carina di circa cinque anni e mi piacque subito. Aveva i capelli biondo chiaro, era molto tenera e aveva lo stesso nome di sua madre: Irmgard.

Quando fummo soli, la signora von Niehoff disse che secondo lei ero malato e che facevo meglio a tornarmene subito a casa. Non stavo peggio del solito. «Ma non può avere una faccia simile», disse. «Sono più vecchia, ho il diritto di rimproverarla, e mi prenderò cura di lei».

Dissi «Grazie», con la gola serrata. A dire il vero pensavo che mi avrebbe chiesto di Sibylle, cioè se avevo una relazione con lei. Ed ero disperato al pensiero che non sarei mai riuscito a spiegarle come stavano in realtà le cose tra me e Sibylle. Mi avrebbe deriso o compianto e non potevo sopportare né l'una né l'altra cosa.

Ma non mi chiese niente.

Per cena arrivarono altri due signori, che avevo incontrato una volta a un ricevimento, e una donna, a quanto pareva un'amica della signora von Niehoff. Aveva un viso inespressivo, ma era molto cordiale e parlò tutto il tempo con me durante la cena.

A mezzanotte avrei dovuto incontrare Sibylle. Dissi alla signora von Niehoff che dovevo andar via. «È così urgente?» domandò.

«Sì, ho un appuntamento», dissi.

«Allora faccia in fretta e poi ritorni». Mi diede le chiavi di casa per non costringere la domestica a venir giù con me. Quando la sua amica vide che mi dava le chiavi, guardò la signora von Niehoff e sembrò contrariata. Ma la signora von Niehoff scoppiò a ridere forte e mi accompagnò in corridoio. Fuori mi disse: «Non si può far niente per lei? Non posso fare niente?» e mi accarezzò la fronte con la mano. Sentii che qualcosa dentro di me stava cedendo e corsi giù per le scale.

Sibylle mi stava aspettando.

Volle andarsene subito, andai a prenderle il cappotto e diedi una mancia al cameriere perché mi aveva tenuto libero il tavolo. Partimmo e chiesi se Willy non si era visto. Quel giorno avrei voluto che venisse con noi, così dopo avrebbe potuto accompagnare Sibylle a casa.

Da alcuni giorni però era scomparso e Sibylle disse che neanche lei l'aveva visto. Ma lo disse con tono distaccato e non le credetti. Avevo sempre la sensazione che mi tenesse nascoste molte cose, ma non le si poteva chiedere niente. Diverse settimane dopo il nostro primo incontro, non conoscevo ancora il suo vero nome.

Ci dirigemmo prima verso la Gedächtniskirche, lungo la Tauentzienstrasse e poi per la Lutherstrasse. Non mi raccapezzavo più, ma procedemmo ancora a lungo e davanti a una casa col numero civico 34, Sibylle mi fece aspettare. L'edificio aveva balconi decorati e mensole sporgenti, e vent'anni prima doveva essere stato una casa signorile. Ora era un po' in abbandono. Sibylle aveva la chiave del portone. Io aspettavo e fumavo e, mentre aspettavo, pensavo a Irmgard von Niehoff. Presi le chiavi del suo appartamento dalla tasca e le osservai con attenzione.

D'un tratto mi accorsi che ero eccitato, che riuscivo a pensare solo alla signora von Niehoff e che avrei preferito essere con lei piuttosto che con Sibylle. Era del tutto naturale che mi aggrappassi a questo pensiero. Di colpo mi liberavo di un peso e fui pervaso da una sensazione di calore e di entusiastica tenerezza.

«Dunque esistono altre donne al mondo», pensai rapito dal ricordo di Irmgard.

«È molto semplice essere più felice di quanto io non sia adesso. Dimenticherò Sibylle. Non amo Sibylle, mi sono solo abituato a starle vicino, era una specie di incantesimo con cui mi teneva prigioniero. Irmgard ha i capelli neri e uno sguardo stupendo, e mi ha chiesto se può fare qualcosa per me. Oh, ha uno sguardo stupendo», ripetevo a me stesso, avevo completamente allontanato Sibylle da me. Lei tornò e io misi in moto.

Non le chiesi che cosa avesse fatto in quella casa sconosciuta. Un vago presentimento mi diceva che si era occupata di qualcosa di importante, o che magari era in pericolo e aveva bisogno del mio aiuto. Ma ero abituato a non farle domande. Non mi riguardava.

«Ti mostro la strada», disse Sibylle. La sua voce era lontana, ma immutata.

Tornammo indietro e ci fermammo a un angolo dove sostavano due taxi. Avevano le luci spente e gli autisti non c'erano. Davanti a una semplice porticina c'era un uomo che salutò Sibylle. Lei disse: «Che ne dici di entrare anche tu. Non c'è bisogno che tu dica niente e, se ti rivolgono la parola, l'importante è non essere scortesi». Prese in fretta un paio di banconote dalla sua borsa e me le diede.

«È meglio che te le metta nella giacca», disse. Poi rivolta all'uomo davanti alla casa:

«Questo è un mio amico».

L'uomo ci fece entrare. Oltrepassando due tende, si arrivava in una piccola osteria occupata quasi completamente da un bancone lungo e largo.

Dietro c'era un uomo e dall'altra parte molti altri stavano in piedi o seduti a bere. Erano per lo più autisti e nessuno era vestito in maniera elegante. Quelli in abiti civili sembravano piccoli impiegati, indossavano abiti fatti con brutti tessuti lisci, azzurro-violetti o rossicci, e camicie variopinte con cravatte di brillantino.

Sibylle passò accanto a loro, alcuni la conoscevano e si voltarono, l'uomo dietro il banco era molto cortese con lei. Dietro la mescita c'era un secondo locale, assai male illuminato e ben riscaldato da una stufa di ferro. L'ambiente era squallido, tavoli quadrati coperti da tovaglie cerate stavano allineati, tre su ogni lato. Alla parete era appeso un cartello con su una scritta stampata:

«Nell'interesse degli stimati ospiti
vi prego di parlare piano»

e un altro:

«Non mi assumo alcuna responsabilità
per gli oggetti andati smarriti».

Le pareti erano ricoperte da una tappezzeria lilla. Ci sedemmo, e un cameriere ci disse che potevamo mangiare arrosto di maiale freddo con cavolini di Bruxelles. Era duro d'orecchio e Sibylle gli ripeté più volte di portarci della birra. Alla fine portò due bicchieri piccoli di birra scura.

In quella stanza, a parte noi, c'erano solo altre due persone sedute a un tavolo. L'uomo era alto e incredibilmente grasso, la donna aveva i capelli neri e crespi come una negra e un trucco molto pesante. Oltre a Sibylle, era l'unica donna nel locale e Sibylle disse che era un uomo travestito. Eravamo lì da un po', quando entrò uno degli autisti e si sedette al nostro tavolo. Non si curò di me e si mise a parlare a bassa voce con Sibylle. Lei sembrava piuttosto arrabbiata e gli disse che non voleva dargli una certa cosa; quando, con la sua bella voce velata, disse forte: «Non se ne parla», quello si alzò, si strinse nelle spalle e se ne andò.

Non feci domande, ma ero in grande imbarazzo e fui contento quando Sibylle chiamò il cameriere. Sembrava esausta. Erano già le tre e mezza del mattino. Io ero stanco morto, pensavo alla signora von Niehoff ed ero infelice. Ma non avrei potuto piantare in asso Sibylle.

«Ora ti porto a casa», dissi cingendola col braccio.

«Non posso», disse. «Non posso andare a casa adesso».

Mi persi d'animo. La birra mi aveva reso ancora più stanco, ora avevo anche mal di testa e quando guardavo la strada attraverso il vetro le file di case crollavano l'una sull'altra, il rumore mi rintronava le orecchie e ostacoli insormontabili mi sbarravano la strada.

«Partiamo», disse Sibylle, quasi pregandomi. Battei il pugno sul volante.

«Ma a che scopo?» dissi. «Perché non dormiamo una buona volta? Non ce la faccio più».

Sibylle mi lasciò per un attimo in pace, io chiusi gli occhi e poggiai la fronte sulle mani.

«Ma sì che ce la fai», disse. «Ti fa bene una volta tanto andare contro il tuo buon senso. Lo so che non sono facile».

C'era una sorta di promessa nella sua voce. Ma non volevo ascoltarla. Sapevo bene che non mi amava e provavo dolore, come se l'avessi già perduta.

Pensavo alla signora von Niehoff, come si pensa alla propria patria, ma tutto era di nuovo lontano e non mi fidavo più neanche di me stesso.

Portai Sibylle a casa, lei non fece più obiezioni. Durante il tragitto cominciò a piovere e la macchina scivolava incerta sull'asfalto.

Quando Sibylle scese, pioveva già a catinelle. L'accompagnai alla porta stringendo i denti e lei continuò a non dire una parola. Dopo aver aperto la porta, si voltò e mi sollevò il collo del cappotto.

Tornai alla macchina completamente zuppo. Pensavo di avere la febbre, non riuscivo più a separare i denti, guidai in uno stato di semincoscienza fino all'appartamento della signora von Niehoff. Lì chiusi con calma la macchina, trovai le chiavi, l'interruttore della luce e la serratura di sicurezza dell'appartamento. Sapevo di fare una cosa assurda, ma questa consapevolezza non penetrava abbastanza a fondo da risvegliare la mia volontà. Così alle volte capita di guidare, il poliziotto allarga le braccia per bloccare una direzione di marcia, lo vediamo, vediamo i guanti bianchi e le braccia tese, eppure andiamo avanti, guardiamo persino in faccia il poliziotto, e nessuno, dopo, crederà che non avevamo capito che cosa significava quel braccio teso...

Mi ritrovai in quell'appartamento sconosciuto e non pensavo al fatto che una domestica potesse svegliarsi o che non sapevo in quale stanza sarei finito. Attraversai il grande soggiorno e un corridoio, passando accanto a due porte. Alla terza porta bussai e abbassai con cautela la maniglia. La donna che era a letto in quella stanza si girò ed accese una piccola lampada. Mi guardò dritto in viso e subito disse:

«Faccia silenzio. Si sveglia la bambina».

Ne fui molto colpito. Ripercorsi il corridoio, la grande stanza, e rimasi in piedi sulla soglia, nel soggiorno. Mi appoggiai alla porta e, quando alzai la testa, a un tratto mi vidi riflesso in un alto specchio da parete, i capelli bagnati appiccicati alle tempie, ero terribilmente pallido. Riabbassai la testa e aspettai. Stavo piangendo, proprio così. Mi vergognavo, ma non opponevo resistenza. Desideravo ardentemente che quella donna arrivasse e un attimo dopo desideravo di essere solo, per strada.

Lei arrivò, accese la luce, camminò sul tappeto, intorno al tavolo, e si fermò nella cornice della porta, guardandomi. Anch'io la guardai, senza più piangere, ma tutto il mio corpo tremava e non potevo farci niente.

«Entri», disse Irmgard. Mi precedette nel soggiorno. Andò a sedersi su una grande sedia e io di fronte a lei.

«È proprio impazzito», disse.

«Sì», dissi. «No, non sono pazzo. No, sono solo stanco».

Stava seduta e si guardava le punte dei piedi. Portava delle pantofole di pelle azzurre e i suoi piedi erano bianchissimi, la pelle era tesa sulle ossa delicate.

«Mi dispiace», dissi. «Le chiedo scusa».

Naturalmente avrei dovuto alzarmi, salutare e andarmene. Ma proprio non ci riuscivo, non avevo più la minima forza. Provavo uno strano miscuglio di disprezzo per me stesso, soddisfazione e sconforto.

«Di solito non sono così maleducato», dissi.

Irmgard si sporse in avanti, sorrise e mi passò più volte la mano sugli occhi. Premetti la fronte contro la sua mano.

«Ha paura di star solo?» disse con dolcezza. «Vuole dormire qui?»

«Sì», dissi.

«Bene», disse. «Così mi compromette, a questo purtroppo non ha pensato. Può dormire nella camera di mio marito».

«È fuori?» domandai esitante.

Irmgard tagliò corto:

«Altrimenti avrebbe dovuto dormire qui sul divano. Ha avuto fortuna. Ora le preparo un tè, lei entri e si metta a letto».

Aprì una porta, accese la luce e prese un pigiama da un armadio a muro.

«Ecco», disse e se ne andò.

Rimasi un attimo in piedi nella stanza, appoggiandomi con le mani alla spalliera del letto. Era un letto ampio, rivestito d'azzurro, sul tavolino a fianco c'era un ritratto di Irmgard. Mi sentivo molto strano e pensai che presto sarebbe saltato fuori un grosso equivoco: forse non erano affatto le cinque del mattino e quell'appartamento non si trovava in una certa strada di Berlino, io non conoscevo nessuna donna che si chiamava Sibylle, non ero mai stato con lei in una bettola malfamata, e Irmgard non sarebbe ritornata, già, soprattutto, Irmgard non sarebbe mai ritornata.

Poi mi spogliai in fretta, mi gettai sul letto e sentii che avevo mal di testa, che il lino del cuscino era meravigliosamente fresco e profumava leggermente di acqua da toilette. Chiusi gli occhi e aspettai una donna. Non c'è niente di più delizioso che aspettare una donna.

# XVIII.

Poco dopo mi ammalai. Quando rimasi a dormire a casa di Irmgard, in realtà, il peggio era passato. Dormii dodici ore filate, poi venne una domestica a portarmi da mangiare e io pensai fosse la colazione, invece erano già le cinque di sera. Cercai di alzarmi, ma tutto mi girava intorno e mi mancavano le forze. Entrò Irmgard, portando per mano la sua bambina. Mi sdraiai di nuovo e mangiai, mentre la piccola mi stava a guardare. Mi piaceva molto Irmgard e di tanto in tanto alzavo lo sguardo verso di lei, che però si occupava della bimba. Più tardi feci un bagno e mi vestii, mi sentivo meglio e trovai superfluo che Irmgard avesse chiamato un autista per portarmi a casa con la mia macchina.

Aveva fatto piuttosto freddo e la macchina non partiva. Provammo a lungo, ma alla fine dovetti prendere un taxi. L'autista mi promise di prendersi cura della mia auto e di portarla in garage. Alle nove mi consegnò le chiavi e subito dopo Irmgard telefonò per darmi la buonanotte. Ero già a letto e sapevo bene che ci sarei rimasto e sarei stato male, ma ero molto contento. Venne la domestica con la posta e le raccontai una cosa qualsiasi per spiegarle come mai non avessi dormito a casa. Era arrivata una telefonata per me, ma non me ne curai. Non avevo febbre, anzi la mia temperatura era più bassa del normale, avevo mal di testa, vertigini e, se me ne stavo disteso tranquillamente, mi sentivo bene. Irmgard mi fece visita il giorno dopo e la sera venne di nuovo. Ogni volta mi baciava e sedeva tutto il tempo così vicina a me che potevo toccarla con la mano.

Dopo tre o quattro giorni arrivò Willy. Aveva un aspetto curato e disse al portinaio che doveva fare una consegna. Quando bussò alla porta, mi presi un bello spavento, anche se non potevo sapere chi era.

«Buongiorno Willy», dissi.

Si sedette, sotto il braccio aveva una bottiglia di vermut. Non era Cinzano né Cora, ma una marca particolare che ordinava sempre Sibylle.

Bevemmo, e Willy mi raccontò che era stufo di custodire automobili. Avrebbe imparato un mestiere, disse. Io dissi: «Se scrivo a mio padre, magari riesco a farmi dare un po' di soldi per te, così puoi seguire una vera formazione». Ma lui scosse la testa e mi accorsi che l'avevo offeso.

«Come sta Sibylle?» domandai. Avevo messo la sua fotografia accanto al mio letto e Willy continuava a guardarla.

«Tre giorni fa ha avuto un litigio», disse. «E questo non riesce a sopportarlo».

«Tre giorni fa l'ho portata io stesso a casa», dissi rifacendo il calcolo.

«Sì», disse. «Ma poi l'ho incontrata nell'osteria degli autisti: aveva fame».

«E allora?»

«Mi ha mandato via. Aveva litigato con l'autista. Ho aspettato per strada fino alle sette. Poi l'autista ci ha accompagnati a casa».

«Che cosa ti ha detto?»

«Niente. Non dice mai niente. Ma piangeva quando è uscita per strada».

Mi misi a sedere nel letto.

«Ha pianto?» domandai.

Willy annuì e mi versò il vermut nel bicchiere.

«Bevi», disse. Evidentemente aveva compassione di me.

«Tu però avresti dovuto capire che quella notte non voleva rimanere sola. Io lo capisco sempre. Allora resto, anche se mi manda via».

«Non mi ha mandato via», dissi. «Ero troppo stanco». Willy non aggiunse altro.

Erano all'incirca le dieci di sera quando se ne andò. Mi addormentai presto e mi risvegliai verso le due di notte. Avevo sognato Sibylle. Mi vestii, era assai penoso e quasi piangevo per lo sforzo. In garage c'era un'aria molto calda e soffocante, avevano lavato la mia macchina e, quando accesi la luce, la vernice scura brillò.

Andai al Walltheater, parcheggiai la macchina nella strada laterale ed entrai. Il portiere salutò. Andai al mio tavolo e vidi Sibylle già da lontano. Era terribile, le ginocchia mi tremavano e tutti mi guardavano stupiti. Tranne Sibylle. Mi diede la mano e disse: «Eccoti qua», con voce asciutta, lontana, calda.

«Sono stato male», dissi.

Poggiò la sua mano sulla mia.

Quando ordinai del whisky, lei disse:

«Non ti voltare. Il signor von Niehoff è seduto dietro di noi».

Il palcoscenico era già al buio, i clienti stavano andando via. Il padrone venne al nostro tavolo, mi salutò e diede una pacca sulla spalla a Sibylle.

«Ho qualcosa per lei», disse estraendo delle fotografie dalla tasca. Sibylle dietro un velo di pallore, i lineamenti assorti, irreali: la luce tenue dei suoi occhi, simili a fiori pallidi, si levava da grandi profondità.

«Oggi non c'è bisogno che mi accompagni a casa», disse.

Stavamo accanto alla mia macchina e Willy teneva aperta la portiera. Sibylle mi prese per le spalle, mi fece girare lentamente, guardandomi fisso con fare indagatore. Poi mi inclinò un po' la testa e mi accarezzò forte il viso con la fronte, le tempie, le guance, il mento.

Alle quattro del mattino arrivai esausto nella mia stanza.

Erik era seduto alla scrivania.

«Ha telefonato la signora von Niehoff», disse. «Mi ha detto che eri malato».

«Va meglio», dissi.

«Avrei una domanda da farti», disse. «Ma dovrò essere molto indiscreto».

«Prego», dissi.

«Come ti va con Sibylle? E come pensi che vada tra me e lei? Siamo persone ragionevoli, no?»

«Non so», dissi, e d'un tratto, guardando Erik, capii: «Per te le cose vanno sicuramente meglio. La conosci da più tempo e ti ha amato. Me, non mi ama».

«Quindi lo sai», disse quasi con severità.

«Se ne avessi bisogno, verrebbe anche a letto con me», dissi, ed ero molto ferito. Ormai eravamo nemici.

«Tu menti», disse Erik. «Povero ragazzo. Irmgard von Niehoff dice che non si può far niente per te. Bisognerebbe solo prendersi cura di te, e lei non ne ha il tempo».

«Non hanno mai tempo, quando serve».

«Capisci, non è roba per te essere schiavo di una cantante di varietà», disse Erik. «È di cattivo gusto. Ti rovinerà. Mio Dio, non voglio farti rimproveri, ma sei così viziato, potresti avere di meglio».

«Sibylle però dice che dovrei capire che esistono cose più importanti di una buona reputazione. Che non dovrei essere viziato. Lei trova che sia un peccato per me».

«Ma che cosa vuole da te? Sì, per Dio, è un peccato. Ma non ti accorgi che non c'è niente da fare per Sibylle?»

«Se ci si desse da fare per lei...», dissi. «Forse ha bisogno di qualcuno».

Erik rispose:

«Tutti abbiamo bisogno di qualcuno».

Se ne andò e io fui assalito da un terribile senso di sconforto. Sulla scrivania c'era una lettera, era l'invito a un ricevimento dell'ambasciatore inglese; Magnus aggiungeva che avevano chiesto a lui il mio indirizzo. Evidentemente non avevo risposto a qualche invito precedente. Scriveva che dovevo assolutamente andare a quel ricevimento, che di certo era la mia ultima possibilità.

Andai su e giù per la stanza, immaginando che avrei dovuto mettermi un frac, incontrare migliaia di conoscenti, e l'idea mi era insopportabile. Poi chiamai Sibylle e la sua voce calda, confusa dal sonno mi tranquillizzò.

«Dovresti dormire», disse. La sua voce si sentiva appena.

«Dormirò», dissi.

«Non devi essere triste», disse Sibylle. «Ci sono qua io. So quando hai bisogno di me. Ci sono io. Va tutto bene».

La sua voce svanì.

Forse si era addormentata.

Mi spogliai ed ero quasi felice.

Poi qualcosa si contrasse dentro di me, non riuscivo a dormire e ogni tanto ero scosso da tremiti. «Non andrò più al Walltheater», pensai. «Non berrò più. Ma questo non mi aiuterà. Sibylle penserà soltanto che sono come tutti gli altri, che anch'io ho rinunciato. Penserà che scelgo la strada più facile e che ho paura di mettere in pericolo la mia carriera. Ed è vero, lei è più forte di me. Io posso soltanto scegliere: resistere o perderla».

Poi mi addormentai. Mi ricordo bene il sogno che feci. Sognai Sibylle. A un tratto vedevo il suo viso, era incredibilmente vicino, qualcuno mi scolpiva nella mente la sua presenza, qualcuno teneva il mio cuore e pronunciava il nome di Sibylle, così quello smetteva di battere, qualcuno illuminava il mio cervello per qualche secondo, lo liberava da ogni pensiero e gli insegnava a comprendere Sibylle. I miei nervi fremevano come corde pizzicate.

Il mio corpo sobrio ne fu scosso e colse prontamente la tenera carezza di Sibylle.

L'istante passò, anche quell'istante passò, con un sorriso incomparabile Sibylle premette il suo viso contro il mio collo, io, impallidendo, vidi i suoi occhi truccati, consapevoli, che brillavano di luce opaca.

Impallidendo, dico, perché un attimo dopo sentii la scossa del risveglio, era molto forte, ogni sensazione mi abbandonò, tranne quella di un dolore insopportabile vicino al cuore, all'improvviso mi trovai disteso in avanti, smarrito, sopra le mani chiuse a pugno.

## XIX.

È ora di smettere. La strada del ritorno è lunga. Ho scritto per quattro ore, adesso riordino i fogli e vado a casa. Sono un po' confuso. Non bisognerebbe scrivere... Siamo subito pronti a dimenticare le cose che abbiamo vissuto e a rinnegare i nostri sentimenti. Spesso penso di non provare niente e un attimo dopo penso che non c'era nulla di così importante. Di certo fra qualche tempo penserò davvero di non aver amato Sibylle. No, non l'ho mai amata. Ero tranquillo, come oggi che posso sentire il vento là fuori. Sono un vile o non sono abbastanza determinato da ripensare alle cose? Nel ricordo anche le sensazioni felici fanno male e si preferisce sorvolare. Ma quando scrivo, tutto ritorna spontaneamente e tutt'a un tratto, senza accorgermene, mi ci ritrovo immerso, turbato e sconvolto.

Devo continuamente ripetermi che sono solo.

L'oste mi domanda se sono un poeta. «Sì», dico. «Mio Dio, sì». Poi dico buonasera e lui mi apre la porta. La strada mi sembra più breve che stamattina. Mangerò presto e poi me ne andrò a letto. Posso dormire quanto mi pare.

Speriamo che non ci siano i cacciatori. Ieri intonavano canzoni e io non riuscivo ad addormentarmi. Sicuramente avevano abbattuto molti animali e brindavano fieri.

Ah, che me ne importa. Che mi importa di questa gente.

Cambio strada e faccio il giro attorno al piccolo lago. Comincia a far buio e non si incontra anima viva. Se fossi un vagabondo, potrei fare sempre ciò che mi salta in mente, senza rendere conto a nessuno. Neanche a me stesso, perché cosa sono io, se non un'anima errante? Non riesco a capire la vita, neanche i nessi più semplici, eppure mi assumo le mie responsabilità quando faccio qualcosa di sbagliato.

O magari mi piacerebbe possedere molte terre, questi campi e una parte del bosco e il lago e il parco alle sue spalle. Abiterei qui e non me ne andrei più. Sarei molto contento, nessuno potrebbe togliermi le mie proprietà e niente potrebbe smuovermi. La terra non possono portartela via.

Sono arrivato alla fine del lago e di fronte sorge il castello con il colonnato che ne congiunge le due ali. Le colonne svettano come giovani tronchi nel cielo azzurro della sera.

Sono sulla riva, l'acqua si muove avanti e indietro e si spinge sulla sabbia grezza. Poi si ritira, quella che resta si disperde lasciando piccoli canaletti che poi vengono di nuovo sommersi e spianati. In lontananza il lago sembra completamente calmo e sull'altra riva gli alberi del parco si sporgono leggermente sull'acqua e vi si riflettono. Da questa parte la riva è piuttosto ripida e priva di alberi. È stata creata un'ampia radura che sale fino al bosco e nel punto più alto c'è un monumento eretto da Federico il Grande. È solo una grossa pietra grigia, un obelisco, che il re fece innalzare in onore dei suoi fedeli ufficiali. Costoro si distinsero per coraggio e fedeltà, e i loro nomi furono incisi nella pietra. Basta leggerli e sembra di udire squilli di fanfara. Non so perché, ma nel leggere questi nomi c'è un che di edificante. Ho già detto da qualche parte che nella mia famiglia c'erano molti ufficiali. Ma in questo momento non ho pensato a loro. E all'improvviso ho caldo e mi batte il cuore, penso che sono già stato qui. Mi vergogno, vorrei avere una spada, mi vergogno, ma sono solo e leggo sulla pietra il nome del mio antenato.

# XX.

Ora però finisco di raccontare. Non sono più stanco. Mi sto abituando a essere solo. Tutto è irreale e diverso, assai lontano dalle solite cose. Vorrei essere liberato da qualcosa, ma ho paura di fare un respiro profondo. Vedo sempre e soltanto i prati, le colline grigio-brune e gli alberi nel bosco, e non penso al fatto che esistono altre regioni, campagne o città, dove ritornerò. Non voglio saperne. Si può vivere da soli? È possibile sottrarsi alle solite forme dell'esistenza? Mi hanno mentito: avrei potuto benissimo vivere con Sibylle. Certo, il mondo non sarebbe stato d'accordo con me e sarei stato punito. Ci sono delle leggi, diceva Erik. Lo odiavo perché era più forte di me. E tuttavia ero convinto di essergli sinceramente affezionato. Oh, ero convinto che non sarei mai stato geloso e che non avrei mai lasciato spazio a simili sentimenti. Ma Sibylle l'ha tenuto fra le braccia, ciò l'ha liberato e lui se n'è andato indenne per la sua strada. Era indenne, nessuno poteva rimproverargli nulla, continuava ad amare Sibylle e niente poteva nuocergli. Mi diceva che bisogna riconoscere certe necessità della vita. Ciò non ha nulla a che vedere con i pregiudizi sociali, diceva, ma con la nostra anima, con il nostro rapporto con Dio. Io ero pronto a riconoscere tutto questo e mi sentivo molto in colpa. Ma aveva un bel dire lui, io sono solo un essere umano. Diceva che non c'è altro peccato se non quello di allontanare le proprie energie da Dio e gettarle al vento. Che nessuna manifestazione di volontà, nessun sacrificio è giustificato se non è al servizio del tutto e della realizzazione della propria identità personale.

«Da che cosa posso riconoscere la mia identità personale?» dissi.

«Devi credere che Dio ti ama», disse Erik. «Allora non farai niente che non ti sia consono».

Era credente.

La sera andai al ricevimento dell'ambasciatore inglese. C'erano molte persone e io ne conoscevo parecchie. Erano tutti cordiali con me, si informavano sul mio lavoro e dicevano che dovevo prendermi una vacanza per ristabilirmi. Un vecchio signore che conoscevo appena mi invitò ad andare in una tenuta nella Prussia orientale. Mi sentii bene per tutta la serata e rimasi fino a tardi. C'erano un buon buffet e molto champagne, io presi posto accanto ad alcuni giovanotti inglesi dell'ambasciata, conversando con loro.

Dissero che i giovani in Inghilterra erano ancora troppo ignoranti, ma che molti stavano cambiando e si interessavano agli altri paesi. Parlavano molto bene il tedesco. Mi proposero di andare con loro a Oxford in estate per frequentare un corso. Mi parve una bella idea. Poco dopo uno degli inglesi decise di andarsene e uscimmo insieme. Quando arrivai alla mia macchina, Willy era lì ad attendermi. A un tratto mi accorsi che era pallido e magro, e che bisognava fare qualcosa per lui. «Non hai freddo?» chiesi. Lui disse: «Sono qui da un'ora». Il giovane inglese mi salutò. Credo si fosse fatto delle idee sbagliate sul conto di Willy.

Andammo via. Era l'una. Incrociavamo parecchie automobili. Passammo accanto al Tiergarten, sul ponte e lungo la Lützowufer.

«Sibylle non è a teatro», disse improvvisamente Willy. «La sta aspettando all'osteria».

«Non ha cantato?» domandai.

«No, ha annullato lo spettacolo».

«È successo qualcosa?»

Guardando fisso davanti a sé, Willy mormorò: «Non vuole che gliene parli».

«Sciocchezze», dissi. «Sono suo amico».

«Sì, sì», disse Willy in tono conciliante. «Ma lei è fatta così. E ora vogliono portarle via il bambino».

Mi guardò. Io tacqui.

Provavo una sensazione molto singolare. Era come se tutt'a un tratto la terra perdesse la sua forza d'attrazione e mi lasciasse libero. Tenevo stretto il volante, ma i miei piedi erano lontani e senza controllo, io stesso ero leggero, come svuotato e potevo librarmi sicuro nello spazio, anche il mio respiro era leggero e quasi superfluo. Accanto a me Willy disse: «Ma non è suo figlio. La madre è morta e Sibylle l'ha preso con sé».

Avevo vissuto accanto a Sibylle, l'avevo vista ogni giorno, completamente preso da lei, mentre lei era presa da tutt'altro. Ora venivo a saperlo e mi sentivo vuoto, mentre avrei dovuto essere quasi sollevato o confortato...

«Che bambino?» chiesi. Quindi avevo ragione. Non mi ingannava, non si prendeva gioco di me.

Aveva un bambino.

«L'ha preso con sé perché il padre non poteva», disse Willy. «Nessuno lo sa. Lui è stato arrestato per traffico di stupefacenti. E lei gli ha promesso di occuparsi del bambino. Ma non ha un soldo».

Procedevo lentamente. La strada era buia e scivolosa. Quando attraversai un incrocio, fu come se dalla strada laterale la luce della mia stessa macchina mi investisse, infrangendosi sul vetro.

«I soldi si possono sempre procurare», dissi.

«Ma l'autista le porterà via il bambino», disse Willy. «È il fratello della madre. Il tribunale l'ha nominato tutore. Ha diritto di farlo».

«Perché lei non vuole lasciare il bambino?» domandai.

«Dice che non vuole vivere senza di lui», disse Willy sconfortato.

«Le donne sono fatte così. Gli vuole bene».

Parcheggiammo la macchina a qualche caseggiato di distanza dall'osteria e coprimmo il radiatore.

«Va' avanti», dissi.

«No», disse Willy. «Lei non sa che sono venuto a prenderti.

All'improvviso domandai:

«Perché non sei andato a prendere Erik?»

«Lui non può far niente», disse Willy.

«Sibylle non vuole che gli chieda niente. Dice che è suo amico, ma che non c'è bisogno che sappia tutto».

Mi sentii un po' più felice e meno avvilito. Passai in fretta accanto al portiere. Sibylle era seduta a uno dei primi tavoli e fumava. Era bellissima. Mi chiese se avevo mangiato e mi ordinò una birra. Willy era rimasto fuori, al banco.

«Che è successo?» domandai. Sibylle mi rivolse uno sguardo indagatore e disse: «Niente. Non è successo proprio niente».

Eravamo come due estranei. Me ne rendevo conto e ciò mi eccitava, non sapevo che fare. Rimanemmo seduti piuttosto a lungo, senza parlare.

«Com'è questa faccenda del bambino?» domandai infine esitante.

«È malato», disse Sibylle. «Devo riprendermelo».

«Te lo lascerà?»

«Dovresti fare una cosa per me», disse. «Solo oggi mi è venuta questa idea. Dovresti dichiarare che vuoi occuparti del bambino».

Sentii dentro di me un brivido di freddo. Anche le mie mani erano fredde.

«Dovrei adottarlo», dissi.

Sibylle tacque.

«Quando devi saperlo?»

«Non parlarne con nessuno», disse brusca. «Telefonami domani».

Uscimmo, ci mettemmo in macchina e partimmo. Volevo proporle di venire nel mio appartamento, avevo una voglia matta di stare con lei da solo, di consolarla, di superare l'abisso che c'era fra noi. Ma avevo paura di chiederglielo proprio in quel momento. L'avrebbe di certo ferita.

Quando partimmo, mi posò la mano sul collo circondandolo con le dita. Senza dire una parola.

«È così grave?» chiesi.

«Sì», disse. «È la mia vita. Ma pensavo di non riuscire a tenerlo con me».

«Ti aiuterò», dissi. La mia voce era incerta. Lei mi strinse più forte il collo.

«Caro», disse. «So che non mi aiuterai. Siete tutti uguali, non siete capaci».

Poi arrivammo sotto casa sua. Scese, prese la chiave dalla borsa, mi diede la mano e salì la scala fino al portone. Erano tre gradini e attraverso il finestrino basso dell'automobile vedevo soltanto le sue gambe magrissime e le scarpe da sera affusolate. Quel giorno indossava un abito corto perché non aveva cantato a teatro.

Rimasi seduto al volante. Ero come paralizzato.

Quando Sibylle vide che non ripartivo, tornò indietro e io le aprii la portiera. Si sedette accanto a me e tirò a sé la mia testa.

«Forse potrei anche amarti», disse. «Ma non ti disperare. Ero un bene per te, più in là te ne accorgerai».

Chi era adesso ad aver bisogno di essere consolato?

«Io parto», disse. «Vieni anche tu?»

«Saresti contenta?» domandai oppresso.

«Sì», disse. «Altrimenti non te l'avrei proposto».

«Portiamo con noi il bambino», dissi.

Mio Dio, ora sorrideva. Mi lasciò la testa e sorrise. Eppure Willy aveva detto che aveva pianto.

«Per prima cosa viene il nostro rapporto con Dio. Tutto ciò che è personale non ha valore. Devi vivere secondo la tua identità. Tutto ciò che ti distoglie è peccato. Non c'è altro peccato che farsi allontanare da Dio».

Aveva pianto!

Ah, non c'era altro peccato che lasciar soffrire Sibylle.

«Farò di tutto per aiutarti», dissi.

Lei non disse più niente. Scese per la seconda volta. E io partii subito.

Il giorno dopo parlai con un avvocato che conoscevo tramite Erik. Disse che si sarebbe occupato della cosa e quando me ne fui andato telefonò a Magnus. Non era una procedura corretta, ma sicuramente lo fece in buona fede. Andò anche da Sibylle, che però lo mandò via. Quando, al pomeriggio, cercai di parlare con lei, la padrona dell'albergo mi disse che dormiva ancora, ma che potevo trovarla la sera al Walltheater. Era molto difficile fare qualcosa per lei. Mi sentii male per tutto il giorno e vomitai più volte. Erik mi mandò un medico. Il quale mi visitò e disse che il mio organismo era indebolito e che i nervi dello stomaco non funzionavano più.

Provai ancora una volta a raggiungere Sibylle. Venne anche all'apparecchio per dirmi che non avrei dovuto intraprendere atti ufficiali senza prima chiederglielo. «Tanto vale mandarmi la polizia», disse. Avevo dimenticato che non voleva avere a che fare né con la polizia né con le autorità.

Poi telefonò Erik. Voleva informare mio padre. Alzai la voce e lo pregai di non farlo. Dissi: «Siete diventati tutti pazzi». Ma di certo erano loro che mi consideravano pazzo. Odiavo Erik. Alle quattro chiamai la domestica e le feci preparare una borsa.

Ero terribilmente confuso e credevo che tutto ciò che volevo fare fosse sbagliato. Pensai che sarebbe stato meglio andare da mio padre e pregarlo di lasciarmi partire con Sibylle. Ma capii che mi sarei reso ridicolo. Mi avrebbero trattato come un liceale. Poi mi misi in testa di parlare con Sibylle. Ma lei mi aveva dato fiducia e io la deludevo, chiaro e semplice.

Mi gettai sul letto, ero fuori di me, non vedevo vie d'uscita.

Poi mi misi il cappotto, presi la borsa e scesi a prendere la macchina.

Avrei rivisto volentieri Irmgard. Ma avevo paura di perdere di nuovo le forze accanto a lei, e invece dovevo andare avanti. Feci un'altra strada per non passare sotto casa sua. Era già buio e ci misi quasi un'ora per uscire dalla città.

# XXI.

Ieri i cacciatori sono partiti. La sala da pranzo perciò resta chiusa e io mangio nell'osteria, dove la gente del luogo gioca a carte la sera. Qui scrivo anche, ho un tavolo accanto alla finestra da cui riesco a vedere la piazza. Penso che presto partirò, forse già domani. Stasera lo comunicherò al garage. A dire il vero volevo rileggere tutto ciò che ho scritto finora. Ma potrebbe non piacermi. Era per Sibylle, l'ho scritto per lei e probabilmente non lo leggerà mai.

Ho bevuto un caffè. Sono le tre. Vorrei ancora fare una passeggiata, e passo per il parco.

Alle sette di sera il grande cancello viene chiuso, ma dall'altra parte del lago non ci sono cancelli, comincia subito il bosco e andando avanti si arriva sulla strada maestra che passa in mezzo al bosco e collega tra loro i villaggi isolati.

Oggi rimango nei pressi del castello, c'è silenzio fra gli alberi e il terreno è morbido, una sorta di tappeto di aghi di pino. All'interno del parco ogni tanto i sentieri si interrompono, la sterpaglia diventa fitta e si fa fatica a passarci in mezzo. Vorrei arrivare alla fine del parco, ma ci vuole un bel po' di tempo e a volte mi sembra di aver sbagliato strada e di procedere di nuovo verso il castello o lungo la riva del lago.

Poi tutt'a un tratto eccomi fuori. È quasi una sorpresa. Si vede il cielo grigio che si abbassa sui campi bruni e i campi si estendono fino all'orizzonte. Là si mescolano al cielo e non si riesce più a distinguere i colori. Nel bosco faceva caldo e l'aria era leggera, qui invece mi scorre addosso pesante, tutto è violento, la pianura si apre proprio davanti ai miei piedi e prosegue come una grande corrente. Sopra di me gli alberi mossi dal vento fanno rumore e sembra che impetuosi stormi di uccelli riempiano il cielo con il battito delle loro ali. Sto in piedi con la schiena appoggiata a un tronco. Qui c'è il bosco e la fine del bosco, la terra e il profumo della terra, e foglie sotto i piedi. Qui c'è il vento e una distesa sconfinata di terra, e un susseguirsi di colori tenui, verrà il freddo e poi di nuovo il caldo, il terreno si schiuderà e i frutti lo faranno esplodere e matureranno.

Ho voglia di andarmene di qui.

Penso che magari potrei raggiungere il mare. Non è lontano, in un paio d'ore posso arrivare al Baltico.

Là potrei guardare le navi nel porto e i marinai, potrei bere con i marinai e più tardi partire con loro. Oppure potrei tornare in città. Potrei di nuovo essere amico di Magnus e andare a lavorare in biblioteca, tutto sarebbe come prima. Ormai ho deciso e non devo vergognarmi di fronte a nessuno. Dicevano sempre che non sapevo decidermi, ora l'ho fatto e sono contento. Ora so com'è la vita e che non si ottiene nulla senza rinunciare a qualcosa. Questa è giustizia.

Tiro fuori il mio portafogli, i soldi dal portafogli e conto le banconote. Ho un po' più di trecento marchi, posso andare lontano. Tutto a posto.

Penso alla città, a Magnus, a Irmgard e al mio lavoro... Mi immagino tutto alla perfezione, le strade, il sentiero attraverso il Tiergarten, la nebbia verso sera, il mio appartamento e la sala di lettura illuminata della biblioteca. Mi chiedo anche se tornerò al Walltheater.

E allora mi assale all'improvviso. Sibylle non ci sarà più. Sto ancora appoggiato all'albero e d'un tratto ho la sensazione di dovermici aggrappare. Eppure lo sapevo. Sono andato via e sapevo ciò che questo significava. Ma non me ne sono reso conto fino in fondo. E ora tutto mi è indifferente, vorrei sdraiarmi per terra e non pensare più a nulla. Tutto potrebbe anche finire, tanto Sibylle non c'è più. È indifferente che la gente sia contenta di me e che io possa avere successo. Non conta, perché mi hanno portato via Sibylle e niente la sostituirà mai. Così è: rinuncia e giustizia. Oh, non ci capisco niente, sono pazzo di dolore. Non aveva forse un bambino che amava più di me? Ma voleva che la aiutassi, così avrebbe potuto tenere il bambino. Allora avrebbe capito quanto la amo. Ormai è tardi. Ho ancora tante cose davanti a me, ma per una cosa è troppo tardi. Vivrò senza Sibylle e non me ne sono reso conto.

Non andrò al mare.

Non berrò con i marinai.

Non darò queste pagine a Sibylle.

Quando tornerò, lei non ci sarà più.

# *Postfazione*

«Strano, se fosse un ragazzo, la si dovrebbe ritenere straordinariamente carina». Così Thomas Mann commentò nel suo diario il primo incontro con Annemarie Schwarzenbach. L'ideale della bellezza androgina, celebrato soprattutto sulla scena berlinese degli anni Venti e Trenta, può essere senza dubbio considerato il Leitmotiv della breve e tormentata esistenza della scrittrice svizzera.

Nata a Zurigo nel 1908 da una ricchissima famiglia di industriali della seta, dopo essersi laureata in storia a soli ventitré anni, cercò di sottrarsi all'ingombrante figura materna soggiornando prima brevemente a Parigi e poi a Berlino. Nella capitale tedesca entrò nella cerchia letteraria dei fratelli Klaus ed Erika Mann, nutrendo per la figlia maggiore del «Mago» una passione mai pienamente corrisposta. I due Mann la iniziarono inoltre al consumo della morfina, da cui fino alla morte Annemarie tentò invano di liberarsi con numerosi soggiorni in case di cura e ospedali psichiatrici. Ai periodi trascorsi nell'amata Engadina, alternò lunghi viaggi avventurosi in terre esotiche: dalla Persia all'Afghanistan, dalla Russia all'India, al Congo. Dopo un matrimonio fallito (nonostante la reciproca stima) con il diplomatico francese Claude Clarac, nel 1940 Annemarie, ormai in rotta con la madre – che mai approvò le sue aspirazioni letterarie né la sua omosessualità dichiarata, e tanto meno i legami con la progressista e antinazista famiglia Mann – raggiunse Erika e Klaus negli Stati Uniti. Qui conobbe la scrittrice Carson McCullers, che si innamorò senza successo di lei e in seguito le dedicò il romanzo *Riflessi in un occhio d'oro*. Qualche mese più tardi, Annemarie tentò il suicidio (non per la prima volta) dopo aver cercato di uccidere la sua compagna, Margot von Opel. Espulsa dagli USA, tornò in Europa, dove nel 1942 morì, a Sils, in Engadina, a soli 34 anni, per i postumi lunghi e dolorosi di una banale caduta dalla bicicletta. La madre-padrona si riappropriò della figlia ribelle e scattò numerose foto al suo cadavere.

Amante della fotografia era stata anche Annemarie Schwarzenbach, oltre che scrittrice e giornalista. Nella sua produzione, infatti, accanto a romanzi, racconti, articoli di argomento politico, recensioni letterarie e cinematografiche, spiccano i reportage di viaggio, anche fotografici. La sua opera, dimenticata per circa quarant'anni, è stata riscoperta in Svizzera e nei paesi di lingua tedesca alla fine degli anni Ottanta, soprattutto grazie al lavoro filologico di Roger Perret. Da alcuni anni la figura di Annemarie Schwarzenbach è oggetto di interesse anche in altre aree linguistiche, e in questo contesto si inserisce la traduzione italiana della *Lyrische Novelle*.

Terminata durante un soggiorno a Rheinsberg (presso Berlino) nel 1931 – anno di pubblicazione del romanzo d'esordio *Freunde um Bernhard* – la *Lyrische Novelle*, secondo testo narrativo di Annemarie Schwarzenbach, fu pubblicata dall'editore Rowohlt solo nell'aprile del 1933, in un clima storico decisamente più cupo (Hitler aveva preso il potere a gennaio). Un ritardo che procurò alla scrittrice diverse critiche circa il carattere apolitico della sua opera in un simile momento: persino l'amico Klaus parlò di «atmosfera di disimpegno sociale». La «piccola svizzera» – come i fratelli Mann amavano chiamarla – espresse comunque, in più occasioni, posizioni dichiaratamente antifasciste, pur non riuscendo mai a rinunciare del tutto ai privilegi garantiti dalla posizione sociale della sua famiglia, non estranea a simpatie filonaziste. Proprio con Klaus Mann, inoltre, partecipò nel 1934 al primo Congresso degli scrittori sovietici a Mosca.

La *Lyrische Novelle* racconta l'amore infelice di un giovane aspirante diplomatico di buona famiglia per Sibylle, una «cantante di varietà». Dietro il camuffamento «maschile» si cela una passione lesbica, probabilmente ispirata all'infatuazione non ricambiata della giovane Annemarie per la giornalista Ursula von Hohenlohe. Un camuffamento dovuto senza dubbio tanto a «esigenze» editoriali quanto ai condizionamenti materni: non a caso la scrittrice rinunciò a pubblicare gli unici due testi in cui si raccontano apertamente amori fra donne (*Pariser Novelle* II e *Tod in Persien*, tradotto in italiano). La componente autobiografica affiora anche attraverso altri personaggi: dal Magnus-Klaus Mann, assistito dal devoto e giovanissimo «figlio del portiere», alla signora von Niehoff, in tutto simile alle tante «consolatrici» sopraffatte dal fascino dell'«angelo» Annemarie – angelo «inconsolabile», secondo lo scrittore francese Roger Martin du Gard, o «devastato» ancora secondo Thomas Mann –, le quali cercarono invano di sottrarla al suo destino di estraneità e di autodistruzione.

L'atmosfera del racconto, ambientato a Berlino, non è quella vitale ed euforica degli anni d'oro della Germania di Weimar: quella dei teatri (con le messe in scena di Reinhardt, Brecht o Piscator), dei cinema (dai film dell'UFA ai registi russi), dei locali notturni e dei circoli omosessuali. Sibylle non ha la voce ruvida e graffiante della «boccaccia» Claire Waldhoff, regina dei cabaret berlinesi, né il fascino travolgente di Marlene Dietrich (che Annemarie ebbe modo di incontrare): «Sibylle continuava a cantare sul palcoscenico e ora indossava un altro abito che mi piaceva ancor più del primo.

Aveva una leggera scollatura rotonda ed era molto aderente sui fianchi, sottolineando così il suo corpo sottile. I capelli erano un po' più lisci e mettevano in evidenza le tempie. Che erano bianche e trasparenti, le mani erano trasparenti, il viso splendeva pallido e sotto gli occhi aveva delle ombre blu». Nella Berlino della *Lyrische Novelle* si rivela un mondo già in decadenza, che sembra annunciare l'imminente rovina nazista. Ma è soprattutto un mondo filtrato dallo sguardo precocemente disperato dell'io narrante, che nell'alcol, nella malattia, nel viaggio (riassunto qui e altrove nell'immagine dell'automobile), e in primo luogo nella scrittura, cerca una fuga improbabile dalla sua solitudine e dalla sua instabilità esistenziale.

Il piano lirico della scrittura, come del resto già il titolo sembra annunciare «programmaticamente», assume un'importanza primaria rispetto all'intento narrativo. La stessa Schwarzenbach scriveva in uno dei suoi primi esperimenti letterari, la *Pariser Novelle* II (1929): «Nei libri amo solo la lingua». E fedele a tale principio – che è forse anche il suo limite sul piano della narrazione – sperimenta qui un linguaggio «moderno», essenziale, tutto teso nella ricerca del ritmo, quasi aspirando a un poema in prosa.

Alla scrittura il protagonista-narratore in prima persona, ritiratosi in campagna, affida i suoi ricordi: i mesi trascorsi nella capitale tedesca, tra cabaret, ubriacature e giri notturni in automobile in compagnia dell'amata e inaccessibile Sibylle, fino alla fuga di fronte a un'esplicita richiesta della donna, e cioè adottare il bambino che lei ha preso con sé. L'andamento diaristico (che rinuncia però alla puntuale scansione del calendario) comporta capitoli a volte brevissimi, alternando un passato di angoscia, di agitazione febbrile e un presente di calma illusoria e di rimpianto, due livelli che hanno evidenti conseguenze anche sul piano stilistico. A manifestazioni verbali di confusione emotiva, a dialoghi trasognati e incalzanti, si oppongono pause di riflessione, descrizioni puntuali e visivamente efficaci di paesaggi e stati d'animo che sembrano avere quasi una funzione terapeutica per l'io narrante. Se da un lato l'esasperazione morbosa dei sentimenti e l'ipertrofia del soggetto inducono a un'eccessiva astrattezza, destinata a rimanere irrisolta, altrove lo stile «minimo», asindetico funziona da controcanto poetico. Sono questi i momenti più intensi, in cui il fluire per associazioni conferisce al racconto una felice lievità.

DANIELA IDRA

*Indice*

Finito di stampare nel mese di
ottobre 2002 nell'officina
dell'Istituto grafico Casagrande s.a.
a Bellinzona.

## Scrittori

Friedrich Dürrenmatt, *Il pensionato*
Catherine Colomb, *Castelli d'infanzia*
Laura Pariani, *Il paese delle vocali*
Hugo Loetscher, *L'ispettore delle fogne*
Max Frisch, *Fogli dal tascapane*
Robert Walser, *Poesie*
Emmanuel Bove, *Un uomo che sapeva*
Jörg Steiner, *Il collega*
Tony Duvert, *L'isola atlantica*
Emmanuel Bove, *La morte di Dinah*
Corinna Bille, *Cento piccole storie crudeli*
Max Frisch - Friedrich Dürrenmatt, *Corrispondenza*
Giuliano Scabia, *Lettere a un lupo*
Cécile Ines Loos, *La morte e la bambola*
Romain Gary, *Chiaro di donna*
Patrizia Runfola, *Lezioni di tenebre*
Maurizio Salabelle, *L'altro inquilino*
Friedrich Dürrenmatt, *La Valletta dell'Eremo*
Bernard Comment, *Il congresso dei busti*
Annemarie Schwarzenbach, *Sibylle*
Riccardo De Gennaro, *I giorni della lumaca*
Amélie Plume, *Marie-Mélina se ne va*